紅樓夢

校注

曹雪芹
高鶚

卷6

第七六回至第九〇回

紅樓夢

編者序

人人出版公司推出《人人文庫》系列，第一套就是中國古典長篇章回小說《紅樓夢》。書內提及的書名，還有《情僧錄》、《風月寶鑒》、《金陵十二釵》，乾隆四十九年甲辰（一七八四年）夢覺主人序本題為《紅樓夢》（甲辰夢序抄本）。一七九一年在第一次活字印刷後（程甲本），《紅樓夢》便取代《石頭記》而成為通行的書名。本書前八十回以庚辰本為底本，後四十回以程甲本為底本。

《紅樓夢》原本共一百二十回，但後四十回失傳。紅學家周汝昌先生則認為《紅樓夢》原著共一〇八回，現存八十回，後二十八回迷失。現今學界普遍認為通行本前八十回為曹雪芹所作，後四十回不知為何人所作。但民間普遍認為為高鶚所作，另有一說為高鶚、程偉元二人合作著續。

關於作者曹雪芹，從其生卒年、字號到祖籍為何，已爭論數十年。曹雪芹姓曹名霑，字夢阮，號芹溪居士。但有的研究者認為他的字是「芹圃」，號雪芹。關於他的生卒年，一般認為約在一七一五年（康熙五十四年乙未）到一七六三年（乾隆二十八年癸未除夕）之間。

關於曹雪芹的籍貫，也有兩種說法，主要以祖籍遼陽，後遷瀋陽，上祖曹振彥原是明代駐守遼東的下級軍官，後隨清兵入關，歸入多爾袞屬下的滿洲正白旗，當了佐領。此後，曹振彥之媳，即曹璽之妻孫氏當了康熙的保母。曹璽曾任江寧織造，病故後由其子曹寅任蘇州織造、江寧織造、兩淮巡鹽御使等職，康熙並命纂刻《全唐詩》、《佩文韻府》等書於揚州。曹寅病故後，康熙特命其胞弟曹荃之子曹頫過繼給曹寅，並繼任織造之職，直至雍正五年，曹頫被抄家敗落，曹家在江南祖孫三代共歷六十餘年。

曹雪芹出生於南京，六歲時曹家抄沒後才全家遷回北京。據紅學家的考證，他後來落魄住到西郊，晚年窮困，《紅樓夢》前八十回在他去世前已傳抄行世，書的後半部分應已完成，不知何故未能問世，始終是個謎。

《紅樓夢》描寫宮廷與官場的黑暗，貴族與世家的腐朽，也讓讀者看見當時的科舉制度、婚姻制度。《紅樓夢》人物形象獨特鮮明，故事情節結構也有別於以往小說單線發展的傳統，創造出一個宏大完整的篇幅。《紅樓夢》的語言藝術成就，更攀向我國古典小說的高峰。

書中有關典章制度名物典故及難解之語詞，我們將盡力作成注釋。段落排法也有別於一般，期使讀者能輕鬆閱讀，輕鬆品味。

紅樓夢

第七六回至第九〇回

卷6

◎第七六回◎

凸碧堂品笛感淒清　凹晶館聯詩悲寂寞

…話說賈赦、賈政帶領賈珍等散去不提。

…且說賈母這裡，命將圍屏撤去，兩席併作一席。眾媳婦另行擦桌整果，更杯洗箸，陳設一番。賈母等都添了衣，盥漱吃茶，方又坐下，團團圍繞。賈母看時，寶釵姊妹二人不在內坐，知她家去圓月。且李紈、鳳姐二人又病，少了這四個人，便覺清冷了好些。

賈母因笑道：「往年妳老爺們不在家，咱們越發請過姨太太來，大家賞月，卻十分熱鬧。忽一時想起妳老爺來，又不免想到母子夫妻兒女，不能一處，也都沒興。

「及至今年，妳老爺來了，正該大家團圓取樂，又不便請她們娘兒們來說說笑笑。況且她們今年又添了兩口人，也難丟了她們，跑到這裡來。偏又把鳳丫頭病了，有她一人來說說笑笑，還抵得十個人的空兒。可見天下事總難十全。」說畢，不覺長嘆一聲，隨命拿大杯來斟熱酒。

…王夫人笑道：「今日得母子團圓，自比往年有趣。往年娘兒雖多，終不似今年自己骨肉齊全的好。」

賈母笑道：「正是為此，所以我才高興拿大杯來吃酒。妳們也換大杯才是。」

邢夫人等只得換上大杯來。因夜深體乏，且不能勝酒，未免都有些倦意，無奈賈母興猶未闌，只得陪飲。

…賈母又命將氈毯鋪在階上，命將月餅、西瓜、果品等類都叫撇下去，令丫頭媳婦們也都團團圍坐賞月。賈母因見月至中天，比先越發精彩可愛，因說：「如此好月，不可不聞笛。」因命人將十番上女孩子傳來。賈母道：「音樂多了，反失雅致，只用吹笛的遠遠的吹起來就夠了。」

說畢，剛才去吹時，只見跟邢夫人的媳婦走來，向邢夫人前說了兩句話。賈母便問：「什麼事？」

那媳婦便回說：「方才大老爺出去，被石頭絆了一下，歪了腿。」賈母聽說，忙命兩個婆子快看去，又命邢夫人快去。

邢夫人遂告辭起身。

……賈母便又說：「珍哥媳婦也趁著便就家去罷，我也就睡了。」

尤氏笑道：「我今日不回去了，定要和老祖宗吃一夜。」

賈母笑道：「你們小夫妻家使不得。今夜不要團圓團圓，如何為我耽擱了！」

尤氏紅了臉笑道：「老祖宗說得我們太不堪了。我們雖然年輕，已經二十來年的夫妻，也算四十歲的人了。況且孝服未滿，陪著老太太玩一夜是正理。」

賈母聽說，笑道：「這話很是，我倒也忘了孝服未滿。可憐妳公公已是二年多了，可是我倒忘了，該罰我一大杯。既這樣，就別去，竟陪著我罷了。叫蓉兒媳婦送去，就順便回去罷。」尤氏說了。賈蓉媳婦答應著，送出邢夫人，一同至大門，各自上車回去。不在話下。

……這裡眾人賞了一回桂花，又入席換暖酒來。正說著閒話，猛不防只聽那壁廂桂花樹下嗚咽悠揚，吹出笛聲來。趁著這明月清風，天空地淨，真令人煩心頓解，萬慮齊除，都肅然危坐，默默相賞。聽約兩盞茶時，方才止住，大家稱讚不已。

於是遂又斟上暖酒來。賈母笑道：「果然好聽麼？」

眾人笑道：「實在可聽。我們也想不到這樣，須得老太太帶領著，我們也得開些心兒。」

賈母道：「這還不大好，須得揀那曲譜，越慢慢的吹來越好聽。」便命斟一大杯酒，送給吹笛之人，慢慢的吃了，再細吹一套來。

……媳婦們答應，方送去，只見方才看賈赦的兩個婆子回來說：「瞧了右腳面上，白腫了些，如今調服了藥，疼得好些，也無甚大關係。」

賈母點頭嘆道：「我也太操心。打緊說我偏心，我反這樣。」

……說著，鴛鴦拿兜巾與大斗篷來，說：「夜深了，恐露水下了，風吹了頭，坐坐也該歇了。」

賈母道：「偏今兒高興，妳又來催。難道我醉了不成，偏到天亮！」因命再斟酒來，戴上兜巾，一面披了斗篷，大家陪著又飲，說些笑話。

……只聽桂花陰裡，發出一縷笛音來，果然比先越發淒涼。大家都寂然而坐。夜靜月明，賈母不禁傷心，眾人忙陪笑發語解釋。又命換酒止笛。

尤氏笑道：「我也就學一個笑話，與老太太解解悶。」

賈母勉強笑道：「這樣更好，快說來我聽。」

尤氏乃說道：「一家子養了四個兒子：大兒子只一個眼睛，二兒子只一個耳朵，三兒子只一個鼻子眼，四兒子倒都齊全，偏又是個啞巴。」

正說到這裡，只見賈母已朦朧雙眼，似有睡去之態。尤氏就住了口，忙和王夫人輕輕叫請賈母安歇。賈母便睜眼笑道：

「我不睏，白閉閉眼養神。妳們只管說，我聽著呢。」
王夫人等笑道：「夜已深了，風露也大，請老太太安歇罷。明日再賞，十六月色也好。」
賈母道：「什麼時候？」
王夫人笑道：「已交四更，她們姊妹們熬不過，都去睡了。」賈母聽說，細看了一看，果然都散了，只有探春一人在此。
賈母笑道：「也罷。妳們也熬不慣，況且弱的弱，病的病，去了倒省心。只有三丫頭，尚還等住。可憐妳也去罷，我們散了。」
說著，便起身吃了一口清茶，圍著斗篷坐上竹椅小轎，兩個婆子抬起，眾人圍隨出園去了。不在話下。
……這裡眾媳婦收拾杯盤碗盞時，卻少了個細茶杯，各處尋覓不見，又問眾人：「必是失手打了。撂在哪裡，告訴我拿了磁瓦去交收，是證見。不然，又說偷起來了。」

眾人都說：「沒有打碎，只怕跟姑娘的人打了，也未可知。妳細細想想，或問問她們去。」

一語提醒了那媳婦，笑道：「是了，那一會記得是翠縷拿著的。我去問她。」說著便去找時，剛下了甬路，就遇見紫鵑、翠縷來了。

翠縷便問道：「老太太散了，可知我們姑娘往那裡去了？」

這媳婦道：「我來問妳要一個茶鍾那裡去了，妳倒問我要姑娘。」

翠縷笑道：「我因倒茶給姑娘吃的，展眼回頭，就連姑娘也沒了。」

那媳婦道：「太太才散，都睡覺去了。妳不知哪裡頑去了，還不知道呢。」

翠縷和紫鵑道：「斷乎沒有悄悄睡去之理，只怕在哪裡走了一走。如今老太太走了，趕過前邊送去也未可知。我們且往前邊找去。有了姑娘，自然妳的茶鍾也有了。妳明日一早再找罷，有什麼忙的！」

……媳婦笑道：「有了下落，就不必忙了，明兒就和妳要罷。」說畢回去，仍查收傢伙。這裡紫鵑和翠縷便往賈母處來。不在話下。

※　※　※

……原來黛玉和湘雲二人並未去睡覺。只因黛玉見賈府中許多人賞月，賈母猶嘆人少，不似當年熱鬧，又提寶釵姊妹家去母女弟兄自去賞月等語，不覺對景感懷，自去俯欄垂淚。寶玉近因晴雯病勢甚重，諸務無心，王夫人再四遣他去睡，他也便去了。探春又因近日家事著惱，無暇遊玩。雖有迎春惜春二人，偏又素日不大甚合。所以只剩了湘雲一人寬慰她，因說：「妳是個明白人，何必作此形景自苦。我也和妳一樣，我就不似妳這樣心窄。

「何況妳又多病，還不自己保養。可恨寶姐姐，姊妹天天說親道熱，早已說今年中秋要大家一處賞月，必要起社，大家聯句，到今日便棄了咱們，自己賞月去了。社也散了，詩也不作了。倒是他們父子叔姪縱橫起來。妳可知宋太祖說的好：『臥榻之側，豈許他人酣睡。』她們不作，咱們兩個竟聯起句來，明日羞她們一羞。」

…黛玉見她這般勸慰，不肯負她的豪興，因笑道：「妳看這裡這等人聲嘈雜，有何詩興。」

湘雲笑道：「這山上賞月雖好，終不及近水賞月更妙。妳知道這山坡底下就是池沿，山坳裡近水一個所在就是凹晶館。可知當日蓋這園子時就有學問。這山之高處，就叫凸碧；山之低窪近水處，就叫作凹晶。這『凸』『凹』二字，歷來用的人最少。如今直用作軒館之名，更覺新鮮，不落窠臼。

「可知這兩處一上一下，一明一暗，一高一矮，一山一水，竟是特因玩月而設此處。有愛那山高月小的，便往這裡來；有愛那皓月清波的，便往那裡去。只是這兩個字俗念作『窪』『拱』二音，便說俗了，不大見用，只陸放翁用了一個『凹』字，說『古硯微凹聚墨多』，還有人批他俗，豈不可笑。」

……林黛玉道：「也不只放翁才用，古人中用者太多。如江淹《青苔賦》[1]，東方朔《神異經》[2]，以至《畫記》[3]上云張僧繇畫一乘寺的故事，不可勝舉。只是今人不知，誤作俗字用

1.江淹《青苔賦》——江淹，南朝梁文學家。其《青苔賦》有「悲凹險兮，唯流水而馳騖」的句子。

2.東方朔《神異經》——**東方朔**，西漢武帝時人。《神異經》中有「其湖無凹凸，平滿無高下」等語。

3.張僧繇畫一乘寺的故事——**張僧繇**，南朝梁武帝時著名畫家，曾在南京一乘寺門上用古印度技法畫凹凸花，有浮雕般的效果，遠望如凹凸近看卻平。

了。

「實和妳說罷，這兩個字還是我擬的呢。因那年試寶玉，因他擬了幾處，也有存的，也有刪改的，也有尚未擬的。這是後來我們大家把這沒有名色的也都擬出來了，注了出處，寫了這房屋的坐落，一併帶進去與大姐姐瞧了。他又帶出來，命給舅舅瞧過。誰知舅舅倒喜歡起來，又說：『早知這樣，那日該就叫他姊妹一併擬了，豈不有趣。』所以凡我擬的，一字不改都用了。如今就往凹晶館去看看。」

說著，二人便同下了山坡。只一轉彎，就是池沿，沿上一帶竹欄相接，直通著那邊藕香榭的路徑。因這幾間就在此山懷抱之中，乃凸碧山莊之退居，因窪而近水，故顏其額曰「凹晶溪館」。因此處房子不多，且又矮小，故只有兩個老婆子上夜。今日打聽得凸碧山莊的人應差，與她們無干，這兩個老婆子關了月餅果品並犒賞的酒食來，二人吃得既醉且飽，早已熄燈睡了。

……黛玉湘雲見熄了燈，湘雲笑道：「倒是她們睡了好。咱們就在這捲棚[4]底下近水賞月如何？」二人遂在兩個湘妃竹墩上坐下。只見天上一輪皓月，池中一輪水月，上下爭輝，如置身於晶宮鮫室之內。微風一過，粼粼然池面皺碧鋪紋，真令人神清氣淨。

……湘雲笑道：「怎得這會子坐上船吃酒倒好。這要是我家裡這樣，我就立刻坐船了。」

黛玉笑道：「正是古人常說的好，『事若求全何所樂』。據我說，這也罷了，偏要坐船起來。」

湘雲笑道：「得隴望蜀，人之常情。可知那些老人家說的不錯。

4. 捲棚——堂前有兩山而無前後牆的敞軒。

說貧窮之家自為富貴之家事事趁心，告訴他說竟不能遂心，他們不肯信的；必得親歷其境，他方知覺了。就如咱們兩個，雖父母不在，然卻也忝在富貴之鄉，只妳我竟有許多不遂心的事。」

……黛玉笑道：「不但妳我不能趁心，就連老太太、太太以至寶玉探丫頭等人，無論事大事小，有理無理，其不能各遂其心者，同一理也，何況妳我旅居客寄之人哉！」湘雲聽說，恐怕黛玉又傷感起來，忙道：「休說這些閒話，咱們且聯詩。」

……正說間，只聽笛韻悠揚起來。黛玉笑道：「今日老太太、太太高興了，這笛子吹的有趣，到是助咱們的興趣了。咱兩個都愛五言，就還是五言排律罷。」

湘雲道：「限何韻？」

黛玉笑道：「咱們數這個欄杆的直棍，這頭到那頭為止。他是第幾根就用第幾韻。若十六根，便是『一先』起。這可新鮮？」

湘雲笑道：「這倒別致。」於是二人起身，便從頭數至盡頭，止得十三根。

湘雲道：「偏又是『十三元』了。這韻少，作排律只怕牽強不能押韻呢。少不得妳先起一句罷了。」

黛玉笑道：「倒要試試咱們誰強誰弱，只是沒有紙筆記。」

湘雲道：「不妨，明兒再寫。只怕這一點聰明還有。」

……黛玉道：「我先起一句現成的俗語罷。」因念道：

三五中秋夕，

湘雲想了一想，道：

清遊擬上元。撒天箕斗[5]燦，

5.箕斗——星宿名，南箕北斗，這裡泛指群星。

林黛玉笑道：

匝地管弦繁。幾處狂飛盞，

湘雲笑道：「這一句『幾處狂飛盞』有些意思。這倒要對的好呢。」

想了一想，笑道：

誰家不啟軒。輕寒風剪剪，

黛玉道：「對的比我的卻好。只是底下這句又說熟話了，就該加勁說了去才是。」

湘雲道：「詩多韻險，也要鋪陳些才是。縱有好的，且留在後頭。」

黛玉笑道：「到後頭沒有好的，我看妳羞不羞。」

因聯道：

良夜景暄暄。爭餅嘲黃髮，

湘雲笑道：「這句不好，是妳杜撰，用俗事來難我了。」

黛玉笑道：「我說妳不曾見過書呢。吃餅是舊典，唐書唐志妳看了來再說。」

湘雲笑道：「這也難不倒我，我也有了。」因聯道：

分瓜笑綠媛[6]。香新榮玉桂，

黛玉笑道：「分瓜可是實實妳的杜撰了。」

湘雲笑道：「明日咱們對查了出來大家看看，這會子別耽誤工夫。」

黛玉笑道：「雖如此，下句也不好，不犯著又用『玉桂』『金蘭』等字樣來塞責。」因聯道：

色健茂金萱。蠟燭輝瓊宴，

湘雲笑道：「『金萱』二字便宜了妳，省了多少力。這樣現成的韻被妳得了，只是不犯著替他們頌聖去。況且下句妳也是塞責了。」

黛玉笑道：「妳不說『玉桂』，我難道強對個『金萱』麼？再

6. 綠媛——年輕女子。綠，指烏黑的頭髮。分瓜，指切西瓜。

也要鋪陳些富麗，方才是即景之實事。」

湘雲只得又聯道：

　觥籌亂綺園。分曹尊一令[7]，

黛玉笑道：「下句好，只是難對些。」

因想了一想，聯道：

　射覆聽三宣。骰彩紅成點，

湘雲笑道：「『三宣』有趣，竟化俗成雅了。只是下句又說上骰子。」少不得聯道：

　傳花鼓濫喧。晴光搖院宇，

黛玉笑道：「對的卻好。下句又溜了，只管拿些風月來塞責。」

湘雲道：「究竟沒說到月上，也要點綴點綴，方不落題。」

黛玉道：「且姑存之，明日再斟酌。」

因聯道：

　素彩接乾坤。賞罰無賓主，

7.「分曹尊一令」句——意謂尊令官一人之命，分出對手，行射覆、猜拳等酒令。

湘雲道：「又說他們作什麼，不如說咱們。」只得聯道：

　　吟詩序仲昆。構思時倚檻，

黛玉道：「這可以入上妳我了。」因聯道：

　　擬景或依門。酒盡情猶在，

湘雲說道：「是時候了。」乃聯道：

　　更殘樂已諼[8]。漸聞語笑寂，

黛玉說道：「這時候可知一步難似一步了。」因聯道：

　　空剩雪霜痕。階露團朝菌[9]，

湘雲笑道：「這一句怎麼押韻，讓我想想。」因起身負手，想了一想，笑道：「夠了，幸而想出一個字來，幾乎敗了。」因聯道：

　　庭煙斂夕棔[10]。秋湍瀉石髓，

8. **諼**（音宣）—忘記，引申為止歇。

9. **朝菌**—一種朝生暮死的菌類。

10. **棔**（音昏）—即合歡樹，又叫夜合花。夜間葉子成對相合。

黛玉聽了，不禁也起身叫妙，說：「這促狹鬼，果然留下好的。這會子才說『棔』字，虧妳想得出。」

湘雲道：「幸而昨日看歷朝文選見了這個字，我不知是何樹，因要查一查。寶姐姐說不用查，這就是如今俗叫作明開夜合的。我信不及，到底查了一查，果然不錯。看來寶姐姐知道的竟多。」

黛玉笑道：「『棔』字用在此時更恰，也還罷了。只是『秋湍』一句虧妳好想。只這一句，別的都要抹倒。我少不得打起精神來對一句，只是再不能似這一句了。」

因想了一想，道：

風葉聚雲根。寶婺[11]情孤潔，

湘雲道：「這對的也還好。只是下一句妳也溜了，幸而是景中情，不單用『寶婺』來塞責。」因聯道：

銀蟾氣吐吞。藥經靈兔搗，

11. 寶婺（音務）——即婺女星。常借指女神。

黛玉不語點頭，半日隨念道：

人向廣寒奔。犯斗邀牛女，

湘雲也望月點首，聯道：

乘槎待帝孫。虛盈輪莫定，

黛玉笑道：「又用比興了。」

因聯道：

晦朔魄空存。壺漏聲將涸，

湘雲方欲聯時，黛玉指池中黑影與湘雲看道：「妳看那河裡怎麼像個人在黑影裡去了，敢是個鬼罷？」

湘雲笑道：「可是又見鬼了。我是不怕鬼的，等我打他一下。」

因彎腰拾了一塊小石片向那池中打去，只聽打得水響，一個大圓圈將月影蕩散復聚者幾次。只聽那黑影裡嘎然一聲，卻飛起一個白鶴來，直往藕香榭去了。

黛玉笑道：「原來是牠，猛然想不到，反嚇了一跳。」

湘雲笑道：「這個鶴有趣，倒助了我了。」

因聯道：

窗燈焰已昏。寒塘渡鶴影，

林黛玉聽了，又叫好，又跺足，說：「了不得，這鶴真是助她的了！這一句更比『秋湍』不同，叫我對什麼才好？『影』字只有一個『魂』字可對，況且『寒塘渡鶴』何等自然，何等現成，何等有景且又新鮮，我竟要擱筆了。」

湘雲笑道：「大家細想就有了，不然就放著明日再聯也可。」

黛玉只看天，不理她，半日，猛然笑道：「妳不必說嘴，我也有了，妳聽聽。」

因對道：

冷月葬花魂。

湘雲拍手贊道：「果然好極！非此不能對。好個『葬花魂』！」

因又嘆道：「詩固新奇，只是太頹喪了些。妳現病著，不該作此過於清奇詭譎之語。」

黛玉笑道：「不如此如何壓倒妳。下句竟還未得，只為用工在這一句了。」

……一語未了，只見欄外山石後轉出一個人來，笑道：「好詩，好詩，果然太悲涼了。不必再往下聯，若底下只這樣去，反不顯這兩句了，倒覺得堆砌牽強。」二人不防，倒唬了一跳。細看時，不是別人，卻是妙玉。

二人皆詫異，因問：「妳如何到了這裡？」

妙玉笑道：「我聽見妳們大家賞月，又吹的好笛，我也出來玩賞這清池皓月。順腳走到這裡，忽聽見妳兩個聯詩，更覺清雅異常，故此聽住了。

「只是方才我聽見這一首中，有幾句雖好，只是過於頹敗淒楚。此亦關人之氣數而有，所以我出來止住。如今老太太都已早散了，滿園的人想俱已睡熟了，妳兩個的丫頭還不知在那裡找妳們呢。妳們也不怕冷了？快同我來，到我那裡去吃杯茶，只怕就天亮了。」

黛玉笑道：「誰知道就這個時候了。」

……三人遂一同來至櫳翠庵中。只見龕焰猶青，爐香未燼。幾個老嬤嬤也都睡了，只有小丫鬟在蒲團上垂頭打盹。妙玉喚他起來，現去烹茶。忽聽叩門之聲，小丫鬟忙去開門看時，卻是紫鵑、翠縷與幾個老嬤嬤來找她姊妹兩個。進來見她們正吃茶，因都笑道：「要我們好找，一個園裡走遍了，連姨太太那裡都找到了。才到了那山坡底下小亭裡找時，可巧那裡上夜的正睡醒了。我們問她們，她們說，方才亭外頭棚下兩個人說話，後來又添了一個，聽見說大家往庵裡去。我們就知是這裡了。」

…妙玉忙命小丫鬟引他們到那邊去坐著歇息吃茶。自取了筆硯紙墨出來，將方才的詩命她二人念著，遂從頭寫出來。黛玉見她今日十分高興，便笑道：「從來沒見妳這樣高興。我也不敢唐突請教，這還以見教否？若不堪時，便就燒了；若或可政，即請改正改正。」

妙玉笑道：「也不敢妄加評贊。只是這才有了二十二韻。我意思想著妳二位警句已出，再若續時，恐後力不加。我竟要續貂，又恐有玷。」黛玉從沒見妙玉作過詩，今見她高興如此，忙說：「果然如此，我們的雖不好，亦可以帶好了。」

…妙玉道：「如今收結，到底還該歸到本來面目上去。若只管丟了真情真事且去搜奇撿怪，一則失了咱們的閨閣面目[12]，二則也與題目無涉了。」二人皆道極是。

妙玉遂提筆一揮而就，遞與她二人道：「休要見笑。依我必須

12. **閨閣面目**——指詩之格調合乎閨閣小姐的身分情趣。

如此，方翻轉過來，雖前頭有淒楚之句，亦無甚礙了。」二人接了看時，只見她續道：

香篆銷金鼎，脂冰膩玉盆。
簫增嫠婦[13]泣，衾倩侍兒溫。
空帳懸文鳳，閑屏掩彩鴛。
露濃苔更滑，霜重竹難捫。
猶步縈紆沼，還登寂歷原。
石奇神鬼搏，木怪虎狼蹲。
贔屓[14]朝光透，罘罳[15]曉露屯。
振林千樹鳥，啼谷一聲猿。
歧[16]熟焉忘徑，泉知不問源。
鐘鳴櫳翠寺，雞唱稻香村。
有興悲何繼，無愁意豈煩。
芳情只自遣，雅趣向誰言。

13. 嫠婦—寡婦。

14. 贔屓（音畢戲）—又名龜趺、填下、霸下，龍生九子之一，貌似龜而好負重，有齒，力大可馱負三山五嶽。其背亦負以重物，多為石碑、石柱之底台及牆頭裝飾，屬靈禽祥獸。其原形可能為斑鱉。

15. 罘罳（音浮思）—古代設在門外或城角上的網狀建築，用以守望和防禦。

16. 歧—道路分岔處。

徹旦休云倦，烹茶更細論。

後書：《右中秋夜大觀園即景聯句三十五韻》。

⋯⋯黛玉、湘雲二人皆贊賞不已，說：「可見我們天天是捨近而求遠。現有這樣詩仙在此，卻天天去紙上談兵。」

妙玉笑道：「明日再潤色。此時想也快天亮了，到底要歇息歇息才是。」林史二人聽說，便起身告辭，帶領丫鬟出來。妙玉送至門外，看他們去遠，方掩門進來。不在話下。

這裡翠縷向湘雲道：「大奶奶那裡還有人等著咱們睡去呢。如今還是那裡去好？」

湘雲笑道：「妳順路告訴她們，叫她們睡罷。我這一去未免驚動病人，不如鬧林姑娘半夜去罷。」說著，大家走至瀟湘館中，有一半人已睡去。二人進去，方才卸妝寬衣，盥漱已畢，方上床安歇。紫鵑放下綃帳，移燈掩門出去。

……誰知湘雲有擇席之病，雖在枕上，只是睡不著。黛玉又是個心血不足常常失眠的，今日又錯過睏頭，自然也是睡不著。二人在枕上翻來覆去。

黛玉因問道：「怎麼妳還沒睡著？」

湘雲微笑道：「我有擇席的病，況且走了睏，只好躺躺罷。妳怎麼也睡不著？」

黛玉嘆道：「我這睡不著也並非今日，大約一年之中，通共也只好睡十夜滿足的。」

湘雲道：「卻是妳病的原故，所以不足」。不知下文什麼，且聽下回分解。

◎第七七回◎

俏丫鬟抱屈夭風流
美優伶斬情歸水月

……話說王夫人見中秋已過，鳳姐病已比先減了，雖未大愈，然亦可出入行走得了，仍命大夫每日診脈服藥，又開了丸藥方子來配調經養榮丸。因用上等人參二兩，王夫人取時，翻尋了半日，只向小匣內尋了幾枝簪挺粗細的。

……王夫人看了嫌不好，命再找去，又找了一大包鬚沫[1]出來。王夫人焦躁道：「用不著偏有，但用著了，再找不著！成日家我叫妳們查一查，都歸攏在一處，妳們白不聽，就隨手混撂。妳們不知它的好處，用起來得多少換買來還不中使呢！」彩雲道：「想是沒了，就只有這個。上次那邊的太太來尋了些去，太太都給過去了。」

…王夫人道：「沒有的話，妳再細找找。」

彩雲只得又去找，又拿了幾包藥材來說：「我們不認得這個，請太太自看。除這個，再沒有了。」王夫人打開看時，也都忘了，不知都是什麼，並沒有一枝人參。因一面遣人去問鳳姐有無，鳳姐來說：「也只有些參膏蘆鬚。雖有幾枝，也不是上好的，每日還要煎藥裡用呢。」

…王夫人聽了，只得向邢夫人那裡問去。邢夫人說：「因上次沒了，才往這裡來尋，早已用完了。」王夫人沒法，只得親身過來請問賈母。賈母忙命鴛鴦取出當日所餘的來，竟還有一大包，皆有手指頭粗細的不等，遂稱了二兩與王夫人。王夫人出來，交與周瑞家的拿去，令小廝送與醫生家去認；又

1. 鬚沫——細碎的根鬚。

命將那幾包不能辨得的藥也帶了去，命醫生認了，各記號上來。

……一時，周瑞家的又拿了進來說：「這幾包都各包好記上名字了。但這一包人參固然是上好的，如今就連三十換也不能得這樣的了，但年代太陳了。這東西比別的不同，憑它是怎樣好的，只過一百年後，便自己就成了灰了。如今這個雖未成灰，然已成了朽糟爛木，也無性力的了。請太太收了這個，倒不拘粗細，好歹再換些新的倒好。」

王夫人聽了，低頭不語，半日才說：「這可沒法了，只好去買二兩來罷。」

也無心看那些，只命：「都收了罷。」

因向周瑞家的說：「妳就去說給外頭人們，揀好的換二兩來。倘一時老太太問，妳們只說用的是老太太的，不必多說。」

……周瑞家的方才要去時，寶釵因在坐，乃笑道：「姨娘且住。如今外頭賣的人參都沒好的。雖有一枝全的，他們也必截做兩三段，鑲嵌上蘆泡鬚枝，摻勻了好賣，看不得粗細。我們鋪子裡常和參行交易，如今我去和媽說了，叫哥哥去托個伙計過去和參行商議說明，叫他把未作的原枝好參兌二兩來。不妨咱們多使幾兩銀子，也得了好的。」

王夫人笑道：「倒是妳明白。就難為妳親自走一趟明白。」

……於是寶釵去了，半日回來說：「已遣人去，趕晚就有回信的。明日一早去配也不遲。」王夫人自是喜悅，因說道：「『賣油的娘子水梳頭』，自來家裡有好的，不知給了人多少。這會子輪到自己用，反倒各處求人去了。」說畢長嘆。

寶釵笑道：「這東西雖然值錢，究竟不過是藥，原該濟眾散人才是。咱們比不得那沒見世面的人家，得了這個，就珍藏密斂的。」

王夫人點頭道：「這話極是。」

……一時寶釵去後，因見無別人在室，遂喚周瑞家的來，問前日園中搜檢的事情可得個下落。周瑞家的是已和鳳姐等人商議停妥，一字不隱，遂回明王夫人。

……王夫人聽了，雖驚且怒，卻又作難，因思司棋係迎春之人，皆係那邊的人，只得令人去回邢夫人。

……周瑞家的回道：「前日那邊太太嗔著王善保家的多事，打了她幾個嘴巴子，如今她也裝病在家，不肯出頭了。況且又是她外孫女兒，自己打了嘴，她只好裝個忘了，日久平服了再說。如今我們過去回時，恐怕又多心，倒像似咱們多事似的。

「不如直把司棋帶過去，一併連贓證與那邊太太瞧了，不過打一頓配了人，再指個丫頭來，豈不省事。如今白告訴去，那邊太太再推三阻四的，又說『既這樣你太太就該料理，又來說什麼』，豈不反耽擱了。倘那丫頭瞅空尋了死，反不好了。如今看了兩三天，人都有個偷懶的時候，倘一時不到，豈不倒弄出事來。」

王夫人想了一想，說：「這也倒是。快辦了這一件，再辦咱們家的那些妖精。」

……周瑞家的聽說，會齊了那邊幾個媳婦，先到迎春房裡，回迎春道：「太太們說了，司棋大了，連日她娘求了太太，太太已賞了她娘配人，今日叫她出去，另挑好的與姑娘使。」說著，便命司棋打點走路。迎春聽了，含淚似有不捨之意，因前夜已聞得別的丫鬟悄悄的說了原故，雖數年之情難捨，但事關風化，亦無可如何了。

……那司棋也曾求了迎春，實指望迎春能死保赦下的，只是迎春語言遲慢，耳軟心活，是不能作主的。司棋見了這般，知不能免，因哭道：「姑娘好狠心！哄了我這兩日，如今怎麼連一句話也沒有？」

周瑞家的等說道：「妳還要姑娘留妳不成？便留下，妳也難見園裡的人了。依我們的好話，快快收了這樣子，倒是人不知鬼不覺的去罷，大家體面些。」

……迎春含淚道：「我知道妳幹了什麼大不是？我還十分說情留下，豈不連我也完了。妳瞧入畫，也是幾年的人，怎麼說去就去了。自然不止妳兩個，想這園裡凡大的都要去呢。依我說，將來終有一散，不如妳各人去罷。」

周瑞家的道：「所以到底是姑娘明白。明兒還有打發的人呢，妳放心罷。」司棋無法，只得含淚與迎春磕頭，和眾姊妹告別，又向迎春耳根說：「好歹打聽我要受罪，替我說個情兒，就是主僕一場！」

迎春亦含淚答應：「放心。」

……於是周瑞家的人等帶了司棋出了院門，又命兩個婆子將司棋所有的東西都與她拿著。走了沒幾步，後頭只見繡橘趕來，一面也擦著淚，一面遞與司棋一個絹包說：「這是姑娘給妳的。主僕一場，如今一旦分離，這個與妳作個想念罷。」司棋接了，不覺更哭起來了，又和繡橘哭了一回。周瑞家的不耐煩，只管催促，二人只得散了。

司棋因又哭告道：「嬸子、大娘們，好歹略徇個情兒，如今且歇一歇，讓我到相好的姊妹跟前辭一辭，也是我們這幾年好了一場。」

周瑞家的等人皆各有事務，作這些事便是不得已了，況且又深恨她們素日大樣，如今那裡有工夫聽她的話，因冷笑道：「我勸妳走罷，別拉拉扯扯的了。我們還有正經事呢。誰是妳一個衣胞[2]裡爬出來的，辭她們作什麼，她們看妳的笑聲還看不了呢。妳不過是挨一會是一會罷了，難道就算了不成！依我說快走罷。」

一面說，一面總不住腳，直帶著往後角門出去了。司棋無奈，又不敢再說，只得跟了出來。

……可巧正值寶玉從外而入，一見帶了司棋出去，又見後面抱著些東西，料著此去再不能來了。因聞得上夜之事，又兼晴雯之病亦因那日加重，細問晴雯，又不說是為何。上日又見入

2.衣胞—即胞衣。在分娩胎兒之後，由子宮排出的胎盤和胎膜。

畫已去，今又見司棋亦走，不覺如喪魂魄一般，因忙攔住問道：「那裡去？」

周瑞家的等皆知寶玉素日行為，又恐嘮叨誤事，因笑道：「不干你事，快念書去罷。」

寶玉笑道：「好姐姐們，且站一站，我有道理。」

周瑞家的便道：「太太的話，不許少捱一刻，你又有什麼道理。我們只知遵太太的話，管不得許多。」

……司棋見了寶玉，因拉住哭道：「她們做不得主，你好歹求求太太去。」

寶玉不禁也傷心，含淚說道：「我不知妳作了什麼大事，晴雯也病了，如今妳又去。都要去了，這卻怎麼的好。」

……周瑞家的發躁向司棋道：「妳如今不是副小姐了，若不聽話，我就打得妳。別想著往日姑娘護著，任妳們作耗[3]。越說著，還不好走。如今和小爺們拉拉扯扯，成個什麼體統！」那幾個媳婦不由分說，拉著司棋便出去了。

……寶玉又恐她們去告舌，恨的只瞪著她們，看已去遠，方指著恨道：「奇怪，奇怪，怎麼這些人只一嫁了漢子，染了男人的氣味，就這樣混帳起來，比男人更可殺了！」

守園門的婆子聽了，也不禁好笑起來，因問道：「這樣說，凡女兒個個是好的了，女人個個是壞的了？」

寶玉點頭道：「不錯，不錯！」

婆子們笑道：「還有一句話我們糊塗不解，倒要請問請問。」

方欲說時，只見幾個老婆子走來，忙說道：「妳們小心，傳齊了伺候著。此刻太太親自來園裡，在那裡查人呢。只怕還查

3. 作耗——任性胡為。

到這裡來呢。又吩咐快叫怡紅院的晴雯姑娘的哥嫂來，在這裡等著領出他妹妹去。」

因笑道：「阿彌陀佛！今日天睜了眼，把這一個禍害妖精退送了，大家清淨些。」

……寶玉一聞得王夫人進來清查，便料定晴雯也保不住了，早飛也似的趕了去，所以這後來趁願之語竟未得聽見。

……寶玉及到了怡紅院，只見一群人在那裡，王夫人在屋裡坐著，一臉怒色，見寶玉也不理。晴雯四五日水米不曾沾牙，懨懨弱息，如今現從炕上拉了下來，蓬頭垢面，兩個女人才架起來去了。王夫人吩咐，只許把她貼身衣服撂出去，餘者好衣服留下給好丫頭們穿。又命把這裡所有的丫頭們都叫來，一一過目。

……原來王夫人自那日著惱之後，王善保家的去趁勢告倒了晴雯，本處有人和園中不睦的，也就隨機趁便下了些話。王夫人皆記在心中。因節間有碍，故忍了兩日，今日特來親自閱人。一則為晴雯猶可，二則因竟有人指寶玉為由，說他大了，已解人事，都由屋裡的丫頭們不長進教習壞了。因這事更比晴雯一人較甚，乃從襲人起以至於極小作粗活的小丫頭們，個個親自看了一遍。

……因問：「誰是和寶玉一日的生日？」本人不敢答應，老嬤嬤指道：「這一個蕙香，又叫作四兒的，是同寶玉一日生日的。」王夫人細看了一看，雖比不上晴雯一半，卻有幾分水秀。視其行止，聰明皆露在外面，且也打扮的不同。

王夫人冷笑道：「這也是個不怕臊的。她背地裡說的，同日生日就是夫妻。這可是妳說的？打諒我隔的遠，都不知道呢。可知道我身子雖不大來，我的心耳神意時時都在這裡。難道我通共一個寶玉，就白放心憑妳們勾引壞了不成！」這個四兒見王夫人說著她素日和寶玉的私語，不禁紅了臉，低頭垂淚。王夫人即命也快把她家的人叫來，領出去配人。

……又問：「誰是耶律雄奴？」老嬤嬤們便將芳官指出。王夫人道：「唱戲的女孩子，自然是狐狸精了！上次放妳們，妳們又懶待出去，可就該安分守己才是。妳就成精鼓搗起來，調唆著寶玉無所不為。」

芳官笑辯道：「並不敢調唆什麼。」

王夫人笑道：「妳還強嘴。我且問妳，前年我們往皇陵上去，是誰調唆寶玉要柳家的丫頭五兒了？幸而那丫頭短命死了，不然進來了，妳們又連夥聚黨遭害這園子呢。妳連妳乾娘都欺倒了。豈止別人！」

因喝命：「喚她乾娘來領去，就賞她外頭自尋個女婿去吧。把她的東西一概給她。」又吩咐上年凡有姑娘們分的唱戲的女孩子們，一概不許留在園裡，都令其各人乾娘帶出，自行聘嫁。一語傳出，這些乾娘皆感恩趁願不盡，都約齊與王夫人磕頭領去。

……王夫人又滿屋裡搜檢寶玉之物。凡略有眼生之物，一併命收的收，捲的捲，著人拿到自己房內去了。因說：「這才乾淨，省得旁人口舌。」

因又吩咐襲人、麝月等人：「妳們小心！往後再有一點分外之事，我一概不饒。因叫人查看了，今年不宜遷挪，暫且挨過今年，明年一併給我仍舊搬出去心淨。」說畢，茶也不吃，遂帶領眾人又往別處去閱人。暫且說不到後文。

……如今且說寶玉只當王夫人不過來搜檢搜檢，無甚大事，誰知竟這樣雷嗔電怒的來了。所責之事皆係平日之語，一字不爽，料必不能挽回的。雖心下恨不能一死，但王夫人盛怒之際，自不敢多言一句，多動一步，一直跟送王夫人到沁芳亭。

王夫人命：「回去好生念念那書，仔細明兒問你。才已發下狠了。」

……寶玉聽如此說，方回來，一路打算：「誰這樣犯舌？況這裡事也無人知道，如何就都說著了。」一面想，一面進來，只見襲人在那裡垂淚。且去了第一等的人，豈不傷心，便倒在床上也哭起來。

襲人知他心內別的還猶可，獨有晴雯是第一件大事，乃推他勸道：「哭也不中用了。你起來我告訴你，晴雯已經好了，她這一家去，倒心淨養幾天。你果然捨不得她，等太太氣消了，你再求老太太，慢慢的叫進來也不難。不過太太偶然信了人的誹言，一時氣頭上如此罷了。」

寶玉哭道：「我究竟不知晴雯犯了何等滔天大罪！」

襲人道：「太太只嫌她生的太好了，未免輕佻些。在太太是深知這樣美人似的人必不安靜，所以恨嫌她，像我們這粗粗笨笨的倒好。」

寶玉道：「這也罷了。咱們私自頑話怎麼也知道了？又沒外人走風的，這可奇怪。」

襲人道：「你有甚忌諱的，一時高興了，你就不管有人無人了。我也曾使過眼色，也曾遞過暗號，倒被那別人已知道了，你反不覺。」

寶玉道：「怎麼人人的不是太太都知道，單不挑出妳和麝月秋紋來？」

……襲人聽了這話，心內一動，低頭半日，無可回答，因便笑道：「正是呢。若論我們也有頑笑不留心的孟浪去處，怎麼太太竟忘了？想是還有別的事，等完了再發放我們，也未可知。」

……寶玉笑道：「妳是頭一個出了名的至善至賢之人，她兩個又是妳陶冶教育的，焉得還有孟浪該罰之處！只是芳官尚小，過於伶俐些，未免倚強壓倒了人，惹人厭。四兒是我誤了她，還是那年我和妳拌嘴的那日起，叫上來作些細活，未免奪占了地位，故有今日。

「只是晴雯也是和妳一樣，從小兒在老太太屋裡過來的，雖然她生得比人強，也沒甚妨礙去處。就是她的性情爽利，口角鋒芒些，究竟也不曾得罪妳們。想是她過於生得好了，反被這好所誤。」說畢，復又哭起來。

……襲人細揣此話，好似寶玉有疑他之意，竟不好再勸，因嘆道：「天知道罷了。此時也查不出人來了，白哭一會子也無益。倒是養著精神，等老太太喜歡時，回明白了再要她是正理。」

寶玉冷笑道：「妳不必虛寬我的心。等到太太平服了再瞧勢頭去要時，知她的病等得等不得。她自幼上來嬌生慣養，何嘗受過一日委屈。連我知道她的性格，還時常衝撞了她。「她這一下去，就如同一盆才抽出嫩箭來的蘭花送到豬窩裡去一般。況又是一身重病，裡頭一肚子的悶氣。她又沒有親爺熱娘，只有一個醉泥鰍姑舅哥哥。她這一去，一時也不慣的，那裡還等得幾日。知道還能見她一面兩面不能了！」說著又越發傷心起來。

……襲人笑道：「可是你『只許州官放火，不許百姓點燈』。我們偶然說一句略妨礙些的話，就說是不利之談，你如今好好的咒她，是該的了！她便比別人嬌些，也不至這樣起來。」

寶玉道：「不是我妄口咒她，今年春天已有兆頭的。」

襲人忙問何兆。寶玉道：「這階下好好的一株海棠花，竟無故死了半邊，我就知有異事，果然應在她身上。」

……襲人聽了，又笑起來，因說道：「我待不說，又撐不住，你太也婆婆媽媽的了。這樣的話，豈是你讀書的男人說的。草木怎又關係起人來？若不婆婆媽媽的，真也成了個呆子了。」

寶玉嘆道：「妳們那裡知道，不但草木，凡天下之物，皆是有情有理的，也和人一樣，得了知己，便極有靈驗的。

「若用大題目比，就有孔子廟前之檜，墳前之蓍，諸葛祠前之柏，岳武穆墳前之松。這都是堂堂正大隨人之正氣。千古不磨之物。世亂則萎，世治則榮，幾千百年了，枯而復生者幾次。這豈不是兆應？

「小題目比，就有楊太真沉香亭之木芍藥，端正樓之相思樹，王昭君塚上之草，豈不也有靈驗。所以這海棠亦應其人欲亡，故先就死了半邊。」

……襲人聽了這篇痴話，又可笑，又可嘆，因笑道：「真真的這話越發說上我的氣來了。那晴雯是個什麼東西，就費這樣心思，比出這些正經人來！還有一說，她縱好，也滅不過我的次序去。便是這海棠，也該先來比我，也還輪不到她。想是我要死了。」

寶玉聽說，忙握她的嘴，勸道：「這是何苦！一個未清，妳又這樣起來。罷了，再別提這事，別弄的去了三個，又饒上一個。」

襲人聽說，心下暗喜道：「若不如此，你也不能了局。」

……寶玉乃道：「從此休提起，全當她們三個死了，不過如此。況且死了的也曾有過，也沒有見我怎麼樣，此一理也。如今且說現在的，倒是把她的東西，瞞上不瞞下，悄悄的打發人送出去與了她。再或有咱們常時積攢下的錢，拿幾吊出去給她養病，也是妳姊妹好了一場。」

襲人聽了，笑道：「你太把我們看的又小器又沒人心了。這話還等你說，我才已將她素日所有的衣裳以至各色各物總打點下了，都放在那裡。如今白日裡人多眼雜，又恐生事，且等到晚上，悄悄的叫宋媽給她拿出去。我還有攢下的幾吊錢也給她罷。」寶玉聽了，感謝不盡。

……襲人笑道：「我原是久已出了名的賢人，連這一點子好名兒還不會買來不成！」寶玉聽她方才的話，忙陪笑撫慰一時。晚間果密遣宋媽送去。寶玉將一切人穩住，便獨自得便出了後角門，央一個老婆子帶他到晴雯家去瞧瞧。先是這婆子百般不肯，只說怕人知道：「回了太太，我還吃飯不吃飯！」無奈寶玉死活央告，又許她些錢，那婆子方帶了他來。

……這晴雯當日係賴大家用銀子買的，那時晴雯才得十歲，尚未留頭。因常跟賴嬤嬤進來，賈母見她生得伶俐標致，十分喜愛。故此賴嬤嬤就孝敬了賈母使喚，後來所以到了寶玉房裡。這晴雯進來時，也不記得家鄉父母。只知有個姑舅哥哥，專能庖宰，也淪落在外，故又求了賴家的收買進來吃工食。

賴家的見晴雯雖到賈母跟前，千伶百俐，嘴尖性大，卻倒還不忘舊，故又將她姑舅哥哥收買進來，把家裡一個女孩子配了他。成了房後，誰知他姑舅哥哥一朝身安泰，就忘卻當年流落時，任意吃死酒，家小也不顧。

偏又娶了個多情美色之妻，見他不顧身命，不知風月，一味死吃酒，便不免有蒹葭倚玉之嘆，紅顏寂寞之悲。又見他器量寬宏，並無嫉衾妒枕之意，這媳婦遂恣情縱慾，滿宅內便延攬英雄，收納材俊，上上下下竟有一半是她考試過的。若問他夫妻姓甚名誰，便是上回賈璉所接見的多渾蟲燈姑娘兒的便是了。目今晴雯只有這一門親戚，所以出來就在他家。

此時多渾蟲外頭去了，那燈姑娘吃了飯去串門子，只剩下晴雯一人，在外間房內爬著。寶玉命那婆子在院門外瞭哨，他獨自掀起草簾進來，一眼就看見晴雯睡在蘆席土炕上，幸而衾褥還是舊日鋪的。心內不知自己怎麼才好，因上來含淚伸手輕輕拉她，悄喚兩聲。

當下晴雯又因著了風，又受了她哥嫂的歹話，病上加病，嗽了一日，才朦朧睡了。忽聞有人喚她，強展星眸，一見是寶玉，又驚又喜，又悲又痛，忙一把死攥住他的手。哽咽了半日，方說出半句話來：「我只當今生不得見你了。」接著便嗽個不住。寶玉也只有哽咽之分。

……晴雯道：「阿彌陀佛，你來的好，且把那茶倒半碗我喝。渴了這半日，叫半個人也叫不著。」

寶玉聽說，忙拭淚問：「茶在那裡？」

晴雯道：「那爐臺上就是。」

寶玉看時，雖有個黑沙吊子[4]，卻不像個茶壺。只得桌上去拿了一個碗，也甚大甚粗，不像個茶碗，未到手內，先就聞得油羶之氣。寶玉只得拿了來，先拿些水洗了兩次，復又用水

4. 黑沙吊子——煎熬飲料用的器皿。

汕過，方提起沙壺斟了半碗。看時，絳紅的顏色，也太不成茶。

晴雯扶枕道：「快給我喝一口罷！這就是茶了。那裡比得咱們的茶！」寶玉聽說，先自己嘗了一嘗，並無清香，且無茶味，只一味苦澀，略有茶意而已。嘗畢，方遞與晴雯。只見晴雯如得了甘露一般，一氣都灌下去了。

寶玉心下暗道：「往常那樣好茶，她尚有不如意之處，今日這樣。看來，可知古人說的『飽飫[5]烹宰，飢饜糟糠』，又道是『飯飽弄粥』，可見都不錯了。」一面想，一面流淚問道：「妳有什麼說的，趁著沒人告訴我。」

……晴雯嗚咽道：「有什麼可說的！不過挨一刻是一刻，挨一日是一日。我已知橫豎不過三五日的光景，就好回去了。只是

5. 飽飫（音玉）—飫，飽食。

一件，我死也不甘心的：我雖生的比別人略好些，並沒有私情密意勾引你怎樣，如何一口死咬定了我是個狐狸精！我太不服。今日既已擔了虛名，而且臨死，不是我說一句後悔的話，早知如此，我當日也另有個道理。不料痴心傻意，只說大家橫豎是在一處。不想平空裡生出這一節話來，有冤無處訴。」說畢，又哭。

……寶玉拉著她的手，只覺瘦如枯柴，腕上猶戴著四個銀鐲，因泣道：「且卸下這個來，等好了再戴上罷。」因與她卸下來，塞在枕下。

又說：「可惜這兩個指甲，好容易長了二寸長，這一病好了，又損好些。」

晴雯拭淚，就伸手取了剪刀，將左手上兩根蔥管一般的指甲齊根鉸下，又伸手向被內將貼身穿著的一件舊紅綾襖脫下，並指甲都與寶玉道：「這個你收了，以後就如見我一般。快把你的襖兒脫下來我穿。我將來在棺材內獨自躺著，也就像還在怡紅院的一樣了。論理不該如此，只是擔了虛名，我可也是無可如何了。」

……寶玉聽說，忙寬衣換上，藏了指甲。晴雯又哭道：「回去她們看見了要問，不必撒謊，就說是我的。既擔了虛名，越性如此，也不過這樣了。」

……一語未了，只見她嫂子笑嘻嘻掀簾進來，道：「好呀，你兩個的話，我已都聽見了。」又向寶玉道：「你一個作主子的，跑到下人房裡作什麼？看我年輕又俊，敢是來調戲我麼？」寶玉聽說，嚇的忙陪笑央道：「好姐姐，快別大聲。她服侍我一場，我私自來瞧瞧她。」

…燈姑娘便一手拉了寶玉進裡間來，笑道：「你不叫嚷也容易，只是依我一件事。」說著，便坐在炕沿上，卻緊緊的將寶玉摟入懷中。

寶玉如何見過這個，心內早突突的跳起來了，急的滿面紅漲，又羞又怕，只說：「好姐姐，別鬧。」

燈姑娘乜斜醉眼，笑道：「呸！成日家聽見你風月場中慣作工夫的，怎麼今日就反訕起來。」

寶玉紅了臉，笑道：「姐姐放手，有話咱們好說。外頭有老媽媽，聽見什麼意思。」

燈姑娘笑道：「我早進來了，卻叫婆子去園門等著呢。我等什麼似的，今兒等著了你。雖然聞名，不如見面，空長了一個好模樣兒，竟是沒藥性的炮仗，只好裝幌子罷了，倒比我還發訕怕羞。可知人的嘴一概聽不得的。

「就比如方才我們姑娘下來，我也料定你們素日偷雞盜狗的。

我進來一會在窗下細聽，屋內只你二人，若有偷雞盜狗的事，豈有不談及於此，誰知你兩個竟還是各不相擾。可知天下委曲事也不少。如今我反後悔錯怪了你們。既然如此，你但放心。以後你只管來，我也不囉唣[6]你。」

……寶玉聽說，才放下心來，方起身整衣，央道：「好姐姐，妳千萬照看她兩天。我如今去了。」說畢出來，又告訴晴雯。二人自是依依不捨，也少不得一別。晴雯知寶玉難行，遂用被蒙頭，總不理他。

……寶玉方出來。意欲到芳官、四兒處去，無奈天黑，出來了半日，恐裡面人找他不見，又恐生事，遂且進園來了，明日再作計較。因乃至後角門，小廝正抱鋪蓋，裡邊嬤嬤們正查人，若再遲一步也就關了。

6. **囉唣**——騷擾，吵鬧。

……寶玉進入園中，且喜無人知道。到了自己房內，告訴襲人只說在薛姨媽家去的，也就罷了。一時鋪床，襲人不得不問今日怎麼睡。寶玉道：「不管怎麼睡罷了。」

……原來這一二年間襲人因王夫人看重了她了，越發自要尊重。凡背人之處，或夜晚之間，總不與寶玉狎昵，較先幼時反倒疏遠了。況雖無大事辦理，然一應針線並寶玉及諸小丫頭們凡出入銀錢衣履什物等事，也甚煩瑣；且有吐血舊症雖愈，然每因勞碌風寒所感，即嗽中帶血，故邇來夜間總不與寶玉同房。寶玉夜間常醒，又極膽小，每醒必喚人。因晴雯睡臥警醒，且舉動輕便，故夜晚一應茶水、起坐呼喚之任，皆悉委她一人，所以寶玉外床只是她睡。今她去了，襲人只得要問，因思此任比日間緊要之意。寶玉既答不管怎樣，襲人只得還依舊年之例，遂仍將自己鋪蓋搬來設於床外。

寶玉發了一晚上呆。及催他睡下，襲人等也都睡後，聽著寶玉在枕上長吁短嘆，復去翻來，直至三更以後。方漸漸的安頓了，略有鼾聲。襲人方放心，也就朦朧睡著。沒半盞茶時，只聽寶玉叫「晴雯」。襲人忙睜開眼連聲答應，問作什麼。寶玉因要喫茶。襲人忙下去向盆內蘸過手，從暖壺內倒了半盞茶來吃過。

寶玉乃笑道：「我近來叫慣了她，卻忘了是妳。」

襲人笑道：「她一乍來時，你也曾睡夢中直叫我，半年後才改了。我知道這晴雯人雖去了，這兩個字只怕是不能去的。」

說著，大家又臥下。

……寶玉又翻轉了一個更次，至五更方睡去時，只見晴雯從外頭走來，仍是往日形景，進來笑向寶玉道：「你們好生過罷，我從此就別過了。」說畢，翻身便走。

寶玉忙叫時，又將襲人叫醒。襲人還只當他慣了口亂叫，卻見寶玉哭了，說道：「晴雯死了。」

襲人笑道：「這是那裡的話！你就知道胡鬧，被人聽著什麼意思。」寶玉那裡肯聽，恨不得一時亮了就遣人去問信。

……及至天亮時，就有王夫人房裡小丫頭立等叫開前角門傳王夫人的話：「『即時叫起寶玉，快洗臉，換了衣裳快來，因今兒有人請老爺尋秋賞桂花，老爺因喜歡他前兒作得詩好，故此要帶他們去。』這都是太太的話，一句別錯了。你們快飛跑告訴他去，立刻叫他快來，老爺在上屋裡還等他吃麵茶呢。環哥兒已來了。快跑，快跑。再著一個人去叫蘭哥兒，也要這等說。」

……裡面的婆子聽一句，應一句，一面扣鈕子，一面開門。一面早有兩三個人一行扣衣，一行分頭去了。

……襲人聽得叩院門，便知有事，忙一面命人問時，自己已起來了。聽得這話，促人來舀了麵湯，催寶玉起來盥漱。她自去取衣服。因思跟賈政出門，便不肯拿出十分出色的新鮮衣履來。只拿那二等成色的來。

……寶玉此時亦無法，只得忙忙的前來。果然賈政在那裡吃茶，十分喜悅。寶玉忙行了省晨之禮。賈環賈蘭二人也都見過寶玉。賈政命坐吃茶，向環蘭二人道：「寶玉讀書不如你兩個，論題聯和詩這種聰明，你們皆不及他。今日此去，未免強你們做詩，寶玉須聽便助他們兩個。」王夫人等自來不曾聽見這等考語，真是意外之喜。

…一時侯他父子二人等去了，王夫人方欲過賈母這邊來時，就有芳官等三個的乾娘走來，回說：「芳官自前日蒙太太的恩典賞了出去，她就瘋了似的，茶也不吃，飯也不用，勾引上藕官蕊官，三個人尋死覓活，只要剪了頭髮做尼姑去。我只當是小孩子家一時出去不慣也是有的，不過隔兩日就好了。誰知越鬧越凶，打罵著也不怕。實在沒法，所以來求太太，或者就依她們做尼姑去，或教導她們一頓，賞給別人作女兒去罷，我們也沒這福。」

王夫人聽了道：「胡說！那裡由得她們起來，佛門也是輕易人進去的！每人打一頓，給她們看，還鬧不鬧了！」

…當下因八月十五日各廟內上供去，皆有各廟內的尼姑來送供尖之例，王夫人曾於十五日就留下水月庵的智通與地藏庵的圓心住兩日，至今日未回，聽得此信，巴不得又拐兩個女孩子去作活使喚，因都向王夫人道：「咱們府上到底是善人家。因太太好善，所以感應得這些小姑娘們皆如此。雖說佛門輕易難入，也要知道佛法平等。

「我佛立願，原是一切眾生無論雞犬皆要度他，無奈迷人不醒。若果有善根能醒悟，即可以超脫輪迴。所以經上現有虎狼蛇蟲得道者就不少。如今這兩三個姑娘既然無父無母，家鄉又遠，她們既經了這富貴，又想從小兒命苦入了這風流行次，將來知道終身怎麼樣，所以苦海回頭，出家修修來世，也是她們的高意。太太倒不要限了善念。」

……王夫人原是個好善的，先聽彼等之語不肯聽其自由者，因思芳官等不過皆係小兒女，一時不遂心，故有此意，但恐將來熬不得清淨，反致獲罪。

今聽這兩個拐子的話大近情理，且近日家中多故，又有邢夫人遣人來知會，明日接迎春家去住兩日，以備人家相看，且又有官媒婆來求說探春等事，心緒正煩，那裡著意在這些小事上。既聽此言，便笑答道：「妳兩個既這等說，妳們就帶了作徒弟去如何？」

兩個姑子聽了，念一聲佛道：「善哉！善哉！若如此，可是妳老人家陰德不小。」說畢，便稽首拜謝。

……王夫人道：「既這樣，妳們問她們去。若果真心，即上來當著我拜了師父去罷。」這三個女人聽了出去，果然將她三人帶來。王夫人問之再三，她三人已是立定主意，遂與兩個姑子叩了頭，又拜辭了王夫人。王夫人見她們意皆決斷，知不可強了，反倒傷心可憐，忙命人取了些東西來賚[7]賞了她們，又送了兩個姑子些禮物。

7. 賚——送。

……從此芳官跟了水月庵的智通，蕊官藕官二人跟了地藏庵的圓心，各自出家去了。且聽下回分解。

◎第七八回◎

老學士閒徵姽嫿詞
癡公子杜撰芙蓉誄

……話說兩個尼姑領了芳官等去後，王夫人便往賈母處來省晨。見賈母喜歡，便趁便回道：「寶玉屋裡有個晴雯，那個丫頭也大了，而且一年之間病不離身。我常見她比別人分外淘氣，也懶。前日又病倒了十幾天，叫大夫瞧，說是女兒癆，所以我就趕著叫她出去了。若養好了，也不用叫她進來，就賞她家配人去也罷了。

「再那幾個學戲的女孩子，我也做主放了：一則她們都會戲，口裡沒輕沒重，只會混說，女孩兒聽了，如何使得？二則她們既唱了會子戲，白放了她們，也是應該的。況丫頭們也太多，若說不夠使，再挑上幾個來，也是一樣。」

……賈母聽了點頭道：「這是正理，我也正想著如此呢。但晴雯這丫頭，我看她甚好，怎麼就這樣起來。我的意思，這些丫頭的模樣爽利言談針線都不及她，將來只她還可以給寶玉使喚得。誰知變了。」

……王夫人笑道：「老太太挑中的人原不錯，只怕她命裡沒造化，所以得了這個病。俗語又說：『女大十八變』。況且有了本事的人，未免就有些調歪[1]。老太太還有什麼不曾經歷過的？三年前，我也就留心這件事，先只取中了她。我便留心。冷眼看去，她色色比人強，只是不大鄭重。「若說鄭重、知大體，莫若襲人第一。雖說賢妻美妾，然也要性情和順、舉止鄭重的更好些。就是襲人，模樣雖比晴雯略

1. 調歪——使壞，不正經。

次一等，然放在房裡，也算得一二等的了。況且行事大方，心地老實，這幾年來，從未逢迎著寶玉淘氣。凡寶玉十分胡鬧的事，她只有死勸的。

「因此，品擇[2]了二年，一點不錯了，我就悄悄的把她丫頭的月分錢止住，我的月分銀子裡批出二兩銀子來給她，不過使她自己知道，越發小心效好之意。且沒有明說，一則寶玉年紀尚小，老爺知道了，又恐說耽誤了書；二則寶玉再自為已是跟前的人，不敢勸他、說他，反倒縱性起來。所以直到今日，才回明老太太。」

……賈母聽了，笑道：「原來這樣，如此更好了。襲人本來從小兒不言不語，我只說是沒嘴的葫蘆，既是妳深知，豈有大錯誤的？而且妳這不明說與寶玉的主意更好。且大家別提這事，只是心裡知道罷了。我深知寶玉將來也是個不聽妻妾勸的。

2.品擇——衡量選擇。

我也解不過來，也從未見過這樣的孩子。別的淘氣都是應該的，只他這種和丫頭們好卻是難懂。我為此也耽心，每每的冷眼查看他。只和丫頭們鬧，必是人大心大，知道男女的事了，所以愛親近她們。既細細查試，究竟不是為此，豈不奇怪？想必他原是個丫頭，錯投了胎不成。」說著，大家笑了。

……王夫人又回今日賈政如何誇獎，如何帶他們逛去。賈母聽了，更加喜悅。

……一時，只見迎春妝扮了，前來告辭過去。鳳姐也來請早安，伺候早飯。又說笑一回，賈母歇晌後，王夫人便喚了鳳姐，問她丸藥可曾配來。

鳳姐道：「還不曾呢，如今還是吃湯藥。太太只管放心，我已大好了。」王夫人見她精神復初，也就信了。

因告訴攆逐晴雯等事。又說：「寶丫頭怎麼私自回家去了？妳們都不知道？我前兒順路都查了一查。誰知蘭小子的這一個新進來的奶子，也十分的妖調，我也不喜歡她。我說給妳大嫂子了，好不好叫她各自去罷。

「我因問妳大嫂子：『寶丫頭出去難道妳也不知道不成？』她說是告訴了她的，不過住兩三日，等妳姨媽病好了就進來。姨媽究竟沒什麼大病，不過咳嗽腰疼，年年是如此的。她這去必有原故，不是有人得罪了她不成？那孩子心重，親戚們住一場，別得罪了人，反不好了。」

……鳳姐笑道：「可好好的誰得罪著她？況且她天天在園裡，左不過是她們姊妹那一群人。」

……王夫人道：「別是寶玉有嘴無心，傻子似的從沒個忌諱，高了興信嘴胡說也是有的。」

鳳姐笑道：「這可是太太過於操心了。若說他出去幹正經事、說正經話去，卻像傻子；若只叫他進來，在這些姊妹跟前，以至於大小的丫頭跟前，他最有盡讓，還恐怕得罪了人，那是再不得有人惱他的。

「我想薛妹妹出去，想必為著前夜搜檢眾丫頭的東西的原故，她自然為信不及園裡的人才搜檢，她又是親戚，現也有丫頭、老婆在內，我們又不好去搜檢了。她恐我們疑她，所以多了這個心，自己迴避了。也是應該避嫌疑的。」

……王夫人聽了這話不錯，自己遂低頭想了一想，便命人請了寶釵來，分析前日的事，以解她的疑心，又仍命她進來照舊居住。

寶釵陪笑道：「我原要早出去的，只是姨娘有許多大事，所以不便來說。可巧前日媽又不好了，家裡兩個靠得的女人也病著，所以我趁便出去了。姨娘今日既已知道了，我正好明講出情理來，就從今日辭了，好搬東西的。」

……王夫人鳳姐都笑道：「妳太固執了。正經再搬進來的為是，休為沒要緊的事反疏遠了親戚。」

寶釵笑道：「妳這話說的我太不解了，並沒為什麼事我出去。我為的是媽媽近來神思比先大減，而且夜晚沒有得靠的人，統共只我一個。二則如今我哥哥眼看娶嫂子，多少針線活計，並家裡一切動用器皿，尚有未齊備的，我也須得幫著媽媽去料理料理。姨媽和鳳姐姐都知道我們家的事，不是我撒謊。

「再者，自我在園裡，東南上小角門子就常開著，原是為我走的，保不住出入的人圖省走路，也從那裡走。又沒個人盤查，設若從那裡生出一件事來，豈不兩礙臉面。而且我進園裡來睡，原不是什麼大事。

「因前幾年年紀都小，且家裡沒事，有在外頭的，不如進來姊妹相共，或作針線，或頑笑，皆比在外頭悶坐著好。如今彼此都大了，彼皆有事，況姨娘這邊歷年皆遇不遂心之事，那園子也太大，一時照顧不到，皆有關係。惟有少幾個人，就可以少操些心了。

「所以今日不但我執意辭去，此外還要勸姨娘：如今該減的就減些，也不為失了大家的體統。據我看，園裡的這一向費用，也竟可以免的，說不得當日的話。姨娘深知我家的，難道我家當日也是這樣冷落不成？」

……鳳姐聽了這篇話，便向王夫人笑道：「這話依我說竟是，不必強她。」

王夫人點頭道：「我也無可回答，只好隨妳便罷了。」

……說話之間，只見寶玉已回來了，因說：「老爺還未散，恐天黑了，所以先叫我們回來了。」

王夫人忙問：「今日可有丟了醜了？」

寶玉笑道：「不但不丟醜，倒拐了許多東西來。」接著就有老婆子們從二門上小廝手內接了東西來。

……王夫人一看時，只見扇子三把，扇墜三個，筆墨共六匣，香珠三串，玉絛環三個。寶玉說道：「這是梅翰林送的，那是楊侍郎送的，這是李員外送的。每人一分。」說著，又向懷中取出一個檀香小護身佛來，說：「這是慶國公單給我的。」王夫人又問在席何人、作何詩詞。說畢，只將寶玉一分令人拿著，同寶玉、環、蘭前來見賈母。

……賈母看了，喜歡不盡，不免又問些話。無奈寶玉一心記著晴雯，答應完了話時，便說騎馬顛了，骨頭疼。賈母便說：「快回房去，換了衣服，疏散疏散就好了，不許睡。」寶玉聽了，便忙進園來。

……當下麝月秋紋已帶了兩個丫頭來等候。見寶玉辭了賈母出來，秋紋便將墨筆等物拿著，隨寶玉進園來。寶玉滿口裡說：「好熱。」一壁走，一面便摘冠解帶，將外面的大衣服都脫下來麝月拿著，只穿著一件松花綾子夾襖，襟內露出血點般大紅褲子來。秋紋見這條紅褲是晴雯手內針線，因嘆道：「真真物在人亡了！」

麝月將秋紋拉了一把，笑道：「這褲子配著松花色襖兒、石青靴子，越顯出這靛青的頭、雪白的臉來了。」

……寶玉在前，只裝沒聽見，又走了兩步，便止步道：「我要走一走，這怎麼好？」麝月道：「大白日裡，還怕什麼，還怕丟了你不成？」因命兩個小丫頭跟著：「我們送了這些東西去再來。」

寶玉道：「好姐姐，等一等我再去。」

麝月道：「我們去了就來。兩個人手裡都有東西，倒像擺執事[3]的，一個捧著文房四寶，一個捧著冠袍帶履，成個什麼樣子。」寶玉聽了，正中心懷，便讓她兩個去了。

……他便帶了兩個小丫頭到一塊山子石後頭，悄問她二人道：「自我去了，妳襲人姐姐打發人去瞧晴雯姐姐沒有？」

這一個答道：「打發宋媽瞧去了。」

3. **執事**——指左右侍從的人。

寶玉道：「回來說什麼？」

小丫頭道：「回來說：晴雯姐姐直著脖子叫了一夜，今日早起就閉了眼，住了口，世事不知，只有倒氣的分兒了。」

寶玉忙道：「一夜叫的是誰？」

小丫頭道：「一夜叫的是娘。」

寶玉拭淚道：「還叫誰？」

小丫頭說：「沒有聽見叫別人了。」

寶玉道：「妳糊塗。想必沒有聽真。」

……旁邊那一個小丫頭最伶俐，聽寶玉如此說，便上來說：「真個她糊塗！」

又向寶玉說：「不但我聽的真切，我還親自偷著看去的。」

寶玉聽說，忙問：「怎麼又親自看去？」

小丫頭道：「我想，晴雯姐姐素日和別人不同，待我們極好。

如今她雖受了委曲出去，我們不能別的法子救她，只親去瞧瞧，也不枉素日疼我們一場。就是人知道了，回了太太，打我們一頓，也是願受的。所以我拚著挨一頓打，偷著出去瞧了一瞧。

「誰知她平生為人聰明，至死不變。她因想著那起俗人不可說話，所以只閉眼養神，見我去了，便睜開眼，拉我的手問：『寶玉那裡去了？』我告訴她實情。她嘆了一口氣，說：『不能見了！』

「我就說：『姐姐何不等一等他回來見一面，豈不兩完心願？』她就笑道：『妳們不知道，我不是死：如今天上少了一個花神，玉皇爺敕命我去司主。我如今在未正二刻到任司花，那寶玉須待未正三刻才到家，只少得一刻的工夫，不能見面。世上凡該死的人，閻王勾取了過去，是差些個小鬼來捉人魂。要遲延一時半刻，不過燒些紙錢，澆些漿飯[4]，那鬼只

4. 漿飯──粥。

顧搶錢去了，該死的人就可多待些個工夫。我這如今是天上的神仙來召請，豈可捱得時刻！』

「我聽了這話，竟不大信。及進來到房裡留神看時辰表時，果然是未正二刻她咽了氣；正三刻上，就有人來叫我們，說你來了。這時候倒都對合。」

……寶玉忙道：「妳不識字看書，所以不知道，這原是有的。不但花有一個神，還一樣花有一位誰之外，還有總花神。但她不知做總花神去了，還是單管一樣花的神？」

這丫頭聽了，一時謅不來。恰好這是八月時節，園中池上芙蓉正開，這丫頭便見景生情，忙答道：「我也曾問她是管什麼花的神？告訴我們日後也好供養的。她說：『天機不可洩漏，妳既這樣虔誠，我只告訴妳，妳只可告訴寶玉一人，除他之外若洩了天機，五雷就來轟頂的。』她就告訴我說，她就是專管芙蓉花的。」

……寶玉聽了這話，不但不為怪，亦且去悲生喜，便回過頭來，乃指芙蓉笑道：「此花也須得這樣一個人去司掌。我就料定她那樣的人必有一番事業做的。雖然超出苦海，從此不能相見，也免不得傷感思念。」因又想：「雖然臨終未見，如今且去靈前一拜，也算盡這五六年的情常。」

……想畢，忙至房中，又穿戴了，只說去看黛玉，遂一人出園，往前次看望之處來。意為停柩在內，誰知她哥嫂見她一咽氣，便回了進去，希圖早早些得幾兩發送例銀。王夫人聞知，便命賞了十兩銀子，又命：「即刻送到外頭焚化了罷。女兒癆死的，斷不可留！」

她哥嫂聽了這話，一面得銀，一面催人立刻入殮，抬往城外化人場[5]上去了。剩的衣裳簪環，約有三四百金之數，她哥嫂自收了，為後日之計。二人將門鎖上，一同去送殯未回。寶玉走來，撲了個空。

……寶玉自立了半天，別無法兒，只得復回身進入園中。待回至房中，甚覺無味，因順路來找黛玉，偏黛玉不在房中，問其何往，丫鬟們回說：「往寶姑娘那裡去了。」

……寶玉又至蘅蕪院中，只見寂靜無人，房內搬的空空落落的，不覺吃一大驚。忽見個老婆子走來，寶玉忙問這是什麼原故。老婆子道：「寶姑娘出去了。這裡交我們看著，還沒有搬清楚。我們幫著送了些東西去，這也就完了。你老人家請出去罷，讓我們掃掃灰塵也好，從此你老人家省跑這一處的腿子了。」

5.化人場——火葬場。

……寶玉聽了，怔了半天，因看著那院中的香藤異蔓，仍是翠翠青青，忽比昨日好似改作淒涼了一般，更又添了傷感。默默出來，又見門外的一條翠樾埭[6]上也半日無人來往，不似當日各處房中丫鬟不約而來者絡繹不絕。又俯身看那埭下之水，仍是溶溶脈脈的流將過去。心下因想：「天地間竟有這樣無情的事！」

悲感一番，忽又想到去了司棋、入畫、芳官等五個，死了晴雯，今又去了寶釵等一處，迎春雖尚未去，然連日也不見回來，且接連有媒人來求親：大約園中之人不久都要散的了。縱生煩惱，也無濟於事。不如還是找黛玉去相伴一日，回來還是和襲人廝混，只這兩三個人，只怕還是同死同歸的。

……想畢，仍往瀟湘館來，偏黛玉尚未回來。

寶玉想亦當出去候送才是，無奈不忍悲感，還是不去的好，遂

6. 翠樾埭（音越代）——埭，堤壩。樾，樹蔭。

又垂頭喪氣的回來。

…正在不知所以之際，忽見王夫人的丫頭進來找他說：「老爺回來了，找你呢，又得了好題目來了。快走，快走。」寶玉聽了，只得跟了出來。到王夫人房中，他父親已出去了。王夫人命人送寶玉至書房中。

…彼時賈政正與眾幕友們談論尋秋之勝。又說：「快散時忽談及一事，最是千古佳談，『風流雋逸，忠義感慨』，八字皆備，倒是個好題目，大家要作一首輓詞。」眾幕賓聽了，都忙請教係何等妙事。

…賈政乃道：「當日曾有一位王封曰恒王，出鎮青州。這恆王最喜女色，且公餘好武，因選了許多美女，日習武事。每公餘輒開宴，連日令眾美女教以戰攻鬥伐之事。其姬中有姓林行四的，姿色既冠，且武藝更精，皆呼為林四娘。恒王最得意，遂超拔林四娘統轄諸姬，又呼為姽嫿[7]將軍。」

眾清客都稱：「妙極神奇。竟以『姽嫿』下加『將軍』二字，反更覺嫵媚風流，真絕世奇文也。想這恒王也是千古第一風流人物了。」

…賈政笑道：「這話自然如此。但更有可奇可嘆之事。」

眾清客都愕然驚問道：「不知底下有何等奇事？」

…賈政道：「誰知次年，便有黃巾、赤眉一干流賊餘黨，復又烏合搶掠山左一帶。恆王意為犬羊之惡，不足大舉，因輕騎進勦。不意賊眾詭譎，兩戰不勝，恆王遂被眾賊所戮。於是青州城內文武官員，各各皆謂『王尚不勝，你我何為！』遂

7. **姽嫿**（音鬼畫）——形容女子嫻靜美好。

將有獻城之舉。

「林四娘得聞凶報，遂聚集眾女將發令，說道：『妳我皆向蒙王恩，戴天履地，不能報其萬一。今王既殞身於國，我意亦當殞身以報王。爾等有願隨著，即時同我前往，有不願者，亦早自散去。』眾女將聽她這樣，都一齊說願意。於是林四娘帶領眾人連夜出城，直殺至賊營裡頭。眾賊不防，也被斬戮了幾員首賊。

「後來大家見是不過幾個女人，料不能濟事，遂回戈倒兵，奮力一陣，把林四娘等一個不曾留下，倒作成了這林四娘的一片忠義之志。後來報至中都，自天子以至百官，無不驚駭道奇。其後朝中自然又有人去勦滅，天兵一到，化為烏有，不必深論。只就林四娘一節，眾位聽了，可羨不可羨呢？」

……眾幕友都嘆道：「實在可羨可奇！實是個妙題，原該大家輓一輓才是。」說著，早有人取了筆硯，按賈政口中之言稍加改易了幾個字，便成了一篇短序，遞給賈政看了。

賈政道：「不過如此。他們那裡已有原序。昨日又因奉恩旨：著察核前代以來應加褒獎而遺落未經請奏各項人等，無論僧尼、乞丐與女婦人等，有一事可嘉，即行匯送履歷至禮部備請恩獎。所以他這原序也送往禮部去了。大家聽見這新聞，所以都要做一首《姽嫿詞》，以志其忠義。」

眾人聽了，都又笑道：「這原該如此。只是更可羨者，本朝皆係千古未有之曠典隆恩，實歷代所不及處，可謂『聖朝無闕事』，唐朝人預先就說了，竟應在本朝。如今年代方不虛此一句。」

賈政點頭道：「正是。」

……說話間，賈環叔姪亦到。賈政命他們看了題目。他兩個雖能詩，較腹中之虛實，雖也去寶玉不遠，但第一件，他兩個終是別路，若論舉業一道，似高過寶玉，若論雜學，則遠不能及；第二件他二人才思滯鈍，不及寶玉空靈涓逸，每作詩亦如八股之法，未免拘板[8]庸澀。

……那寶玉雖不算是個讀書人，然虧他天性聰敏，且素喜好些雜書，他自為古人中也有杜撰的，也有誤失之處，拘較不得許多；若只管怕前怕後起來，縱堆砌成一篇，也覺得甚無趣味。因心裡懷著這個念頭，每見一題，不拘難易，他便毫無費力之處，就如世上的流嘴滑舌之人，無風作有，信著伶口俐舌，長篇大論，胡扳亂扯，敷演出一篇話來。雖無稽考，卻都說得四座春風。雖有正言厲語之人，亦不得壓倒這一種風流去。

8. 拘板——言行拘束呆板，不活潑。

……近日賈政年邁，名利大灰，然起初天性也是個詩酒放誕之人，因在子姪輩中，少不得規以正路。近見寶玉雖不讀書，竟頗能解此，細評起來，也還不算十分玷辱了祖宗。就思及祖宗們，各各亦皆如此，雖有深精舉業的，也不曾發跡過一個，看來此亦賈門之數。況母親溺愛，遂也不強以舉業逼他了。所以近日是這等待他。又要環、蘭二人舉業之餘，怎得亦同寶玉才好，所以每欲作詩，必將三人一齊喚來對作。

……閒言少述。且說賈政又命他三人各弔一首，誰先成者賞，佳者額外加賞。賈環、賈蘭二人，近日當著許多人皆做過幾首了，膽量愈壯，今看了題目，遂自去思索。一時，賈蘭先有了。賈環生恐落後，也就有了。二人皆已錄出，寶玉尚自出神。

……賈政與眾人且看他二人的二首。賈蘭的是一首七言絕句，寫道是：

姽嫿將軍林四娘，玉為肌骨鐵為腸。
捐軀自報恒王後，此日青州土尚香。

眾幕賓看了，便皆大贊：「小哥兒十三歲的人就如此，可知家學淵深，真不誣矣。」

賈政笑道：「稚子口角，也還難為他。」又看賈環的是首五言律，寫道是：

紅粉不知愁，將軍意未休。
掩啼離繡幕，抱恨出青州。
自謂酬王德，誰能復寇仇？
好題忠義墓，千古獨風流。

眾人道：「更佳。到底大幾歲年紀，立意又自不同。」

賈政道：「倒不甚大錯，終不懇切。」

眾人道：「這就罷了。三爺才大不多幾歲，俱在未冠之時。如此用心做去，再過幾年，怕不是大阮小阮了麼？」

賈政笑道：「過獎了。只是不肯讀書的過失。」

……因又問寶玉怎樣。眾人道：「二爺細心鏤刻，定又是風流悲感，不同此等的了。」

寶玉笑道：「這個題目似不稱近體，須得古體，或歌或行，長篇一首，方能懇切。」

……眾人聽了，都立身點頭拍手道：「我說他立意不同！每一題到手，必先度其體格宜與不宜，這便是老手妙法。就如裁衣一般，未下剪時，須度其身量。這題目名曰《姽嫿詞》，且既有了序，此必當是篇歌行方合體的。或擬溫八叉《擊甌歌》，或擬李長吉《會稽歌》，或擬白樂天《長恨歌》，或擬詠古詞，半敍半詠，流利飄逸，始能盡妙。」

……賈政聽說，也合了主意，遂自提筆向紙上要寫。又向寶玉笑道：「如此甚好。你念我寫。若不好了，我搥你的肉，誰許你先大言不慚了！」

寶玉只得念了一句道：

恒王好武兼好色，

賈政寫了搖頭道：「粗鄙！」

一幕友道：「要這樣方古，究竟不粗。且看他底下的。」

賈政道：「姑存之。」

寶玉又道：

遂教美女習騎射。穠歌艷舞不成歡，列陣挽戈為自得。

賈政寫出，眾人都道：「只這第三句便古樸老健，極妙。這第四句平敍，也最得體。」

賈政道：「休謬加獎譽，且看轉的如何。」

寶玉念道：

　眼前不見塵沙起，將軍俏影紅燈裡。

眾人聽了這兩句，便都叫：「妙！好個『不見塵沙起』！又承了一句『俏影紅燈裡』，用字用句皆入神化了。」

寶玉道：

　叱吒時聞口舌香，霜矛雪劍嬌難舉。

眾人聽了更拍手笑道：「益發畫出來了！當日敢是寶公也在坐，見其嬌且聞其香否？不然，何體貼至此。」

寶玉笑道：「閨閣習武，任其勇悍，怎似男人？不問而可知嬌怯之形了。」

賈政道：「還不快續，這又有你說嘴的了。」

寶玉只得又想了一想，念道：

　丁香結子芙蓉絛，

9.「潢汙」句——句出《左傳》隱公三年。意謂只要胸懷誠意，即便是坑中的積水和野生的水草，也可以奉獻王公，祭奠鬼神。萍，浮萍。蘩，白蒿。蘊藻，水草。羞，奉獻。薦，呈獻。

10. **微詞**——真意隱微不顯，另有寄託之詞語。

11. **縠**——有皺紋的紗：綺羅綾。

12. **姽嫿**——美好，文靜。

13. **罦罬**（音伏輟）——泛指網羅。

14. **薋葹**（音瓷施）——古人

眾人都道：「轉『緜』，『蕭』韻更妙，這才流利飄逸。而且這句子也綺靡秀媚得妙。」

…賈政寫了，道：「這一句不好，已有過了『口舌香』、『嬌難舉』，何必又如此？這是力量不加，故又弄出這些堆砌貨來搪塞。」寶玉笑道：「長歌也須得要些詞藻點綴點綴，不然便覺蕭索。」

賈政道：「你只顧說那些，這一句底下如何轉至武事呢？若再多說兩句，豈不蛇足了？」

寶玉道：「如此，底下一句兜轉煞住，想也使得。」

賈政冷笑道：「你有多大本領！上頭說了一句大開門的散話，如今又要一句連轉帶煞，豈不心有餘而力不足呢？」寶玉聽了，垂頭想了一想，說了一句道：

不繫明珠繫寶刀。

把這兩種草都看作惡草。薋，蒺藜；葹，蒼耳。

15. **茝蘭**—茝、蘭都是香草。比喻高潔的人品或高尚的事物。

16. **芟鉏**（音杉除）—芟，割草，引申除去。鉏，同「鋤」。

17. **蠱蠆**—兩種毒蟲，喻惡人。

18. **顑頷**（音旱旱）—形容晴雯因病而面色憔悴。

19. **鏡分鸞影，愁開麝月之奩**—傳說罽賓王捉到鸞鳥一隻，很喜愛，但養了三忙問：「這一句可還使得？」眾人拍案叫絕。

賈政笑道：「且放著再續。」

寶玉道：「使得，我便一氣連下去了；若使不得，索性塗了，我再想別的意思出來，再另措詞。」

賈政聽了，便喝道：「多話！不好了再做。便做十篇百篇，還怕辛苦了不成？」

寶玉聽了，只得想了一會，便念道：

戰罷夜闌心力怯，脂痕粉漬汙鮫綃。

賈政道：「這又是一段了。底下怎麼樣？」寶玉道：

明年流寇走山東，強吞虎豹勢如蜂。

眾人道：「好個『走』字，便見得高低了。且通句轉的也不板。」

寶玉又念道：

王率天兵思勦滅，一戰再戰不成功。

年牠都不肯叫。聽說鳥見了同類才鳴，就掛一面鏡子讓牠照。鸞見影，悲鳴沖天，一奮而死。後多稱鏡為鸞鏡。見《異苑》。又兼用南陳太子舍人徐德言與樂昌公主夫妻亂離中分別，各執破鏡之半，後得以重逢團圓事。見《古今詩話》。**麝月**，巧用丫頭名，諧「麝月」，同時指鏡。**奩**，女子盛梳妝用品的盒子。

20. 梳化龍飛，哀折檀雲之齒——《晉書．陶侃傳》記陶侃懸梭於壁，化龍飛去。

腥風吹折隴中麥，日照旌旗虎帳空。
青山寂寂水澌澌，正是恒王戰死時。
雨淋白骨血染草，月冷黃昏鬼守尸。

眾人都道：「妙極，妙極！布置敘事詞藻，無不盡美。且看如何至四娘，必另有妙轉奇句。」

寶玉又念道：

紛紛將士只保身，青州眼見皆灰塵。
不期忠義明閨閣，憤起恒王得意人。

眾人都道：「鋪敘得委婉！」

賈政道：「太多了，底下只怕累贅呢。」

寶玉又道：

恒王得意數誰行？姽嫿將軍林四娘。
號令秦姬驅趙女，穠桃艷李臨疆場。
繡鞍有淚春愁重，鐵甲無聲夜氣涼。

這裡可能是曹雪芹為切合晴雯、寶玉的情事而改梭為梳的。檀雲，丫頭名，也是巧用。檀雲之齒，檀木梳的齒。麝月檀雲，一奩一梳，皆物是人非之意。

21. 螭鵲——漢武帝所建的樓觀名，這裡指華麗的樓閣。

22. 七夕之針——七夕人家婦女結彩縷，穿七孔針，陳瓜果於庭中，以乞巧。

23. 蓮瓣——指繡鞋。

24. 愧逮同灰之誚——同灰，李白《長干行》：

勝負自難先預定，誓盟生死報前王。
賊勢猖獗不可敵，柳折花殘血凝碧。
馬踏胭脂骨髓香，魂依城郭家鄉隔。
星馳時報入京師，誰家兒女不傷悲！
天子驚慌愁失守，此時文武皆垂首。
何事文武立朝綱，不及閨中林四娘。
我為四娘長嘆息，歌成餘意尚徬徨！

念畢，眾人都大贊不止。又從頭看了一遍。賈政笑道：「雖說了幾句，到底不大懇切。」因說：「去罷。」三人如放了赦的一般，一齊出來，各自回房。

※……※……※

……眾人皆無別話，不過至晚安歇而已。獨有寶玉，一心淒楚。回至園中，猛見池上芙蓉，想起小丫鬟說晴雯做了芙蓉之

「十五始展眉，願同塵與灰。」本謂夫婦愛情之堅貞。寶玉曾說過將來要和大觀園裡的女孩子們一同化煙化灰。全句意謂寶玉不能與芙蓉女兒化煙化灰，對因此將受譏誚和非議感到慚愧。

25. 爾乃——發語詞。賦中常見，不能解作「你是」。下文「若夫」也是發語詞。

26. 煙塍（音承）——煙霧濛濛的田間小路。

27. 汝南斑斑淚血——寶玉以汝南王自比，以汝南王愛妾劉碧玉

神，不覺又喜歡起來，乃看著芙蓉嗟嘆了一會。忽又想起死後並未至靈前一祭，如今何不在芙蓉前一祭，豈不盡了禮。

……想畢，便欲行禮。忽又止住道：「雖如此，亦不可太草率，也須得衣冠整齊，奠儀周備，方為誠敬。」想了一想：「如今若學那世俗之奠禮，斷然不可；竟也還別開生面，另立排場，風流奇異，於世無涉，方不負我二人之為人。況且古人有云：『潢汙行潦，蘋蘩蘊藻之賤，可以羞王公，薦鬼神。』[9]原不在物之貴賤，全在心之誠敬而已。此其一也。

「二則誄文挽詞也須另出己見，自放手眼，亦不可蹈襲前人的套頭，填寫幾字搪塞耳目之文，亦必須洒淚泣血，一字一咽，一句一啼，寧使文不足悲有餘，萬不可尚文藻而反失悲戚。況且古人多有微詞[10]，非自我今作俑也。奈今人全惑於功名二字，尚古之風一洗皆盡，恐不合時宜，於功名有礙之

比晴雯。汝南、碧玉與石崇、綠珠同時並用，始於唐代王維《洛陽女兒行》：「狂夫富貴在青春，意氣驕奢劇季倫。自憐碧玉親教舞，不惜珊瑚持與人。」

28. 梓澤默默餘哀—意謂如石崇悼念綠珠。石崇有別館在河陽的金谷，一名梓澤。這除了有親近的女子不能保全的思想外，尚能說明災禍來臨與政治紛爭有關，誄文正有著這方面的寄托。

29. 詖（音幣）奴、悍婦—詖，奸邪而善辯。引申為弄舌。

故。

「我又不希罕那功名，不為世人觀閱稱讚，何必不遠師楚人之《大言》、《招魂》、《離騷》、《九辯》、《枯樹》、《問難》、《秋水》、《大人先生傳》等法，或雜參單句，或偶成短聯，或用實典，或設譬寓，隨意所之，信筆而去，喜則以文為戲，悲則以言志痛，辭達意盡為止，何必若世俗之拘拘於方寸之間哉。」

……寶玉本是個不讀書之人，再心中有了這篇歪意，怎得有好詩文作出來。他自己卻任意纂著，並不為人知慕，所以大肆妄誕，竟杜撰成一篇長文，用晴雯素日所喜之冰鮫縠一幅楷字寫成，名曰《芙蓉女兒誄》，前序後歌。又備了四樣晴雯所喜之物，於是夜月下，命那小丫頭捧至芙蓉花前。先行禮畢，將那誄文即掛於芙蓉枝上，乃泣涕念曰：

這裡指王善保家的和周瑞家的一伙迎上欺下、狗仗人勢的奴才管家們。

30. 惓惓—同「拳拳」，情意深厚的意思。

31. 葉法善攝魂以撰碑—相傳唐代的術士葉法善把當時有名的文人和書法家李邕的靈魂從夢中攝去，給他的祖父葉有道撰述並書寫碑文，世稱「追魂碑」。見《處州府志》。

32. 李長吉被詔而為記—李長吉，即李賀。唐代詩人李商隱作《李長吉小傳》說，李賀死時，他家人見

維太平不易之元，蓉桂競芳之月，
無可奈何之日，怡紅院濁玉，
謹以群花之蕊、冰鮫之縠[11]、沁芳之泉、楓露之茗：
四者雖微，聊以達誠申信。

乃致祭於白帝宮中撫司秋艷芙蓉女兒之前曰：
竊思女兒自臨人世，迄今凡十有六載。
其先之鄉籍姓氏，湮淪而莫能考者久矣。
而玉得於衾枕櫛沐之間，棲息宴游之夕，親暱狎褻，
相與共處者，僅五年八月有奇。憶女曩生之昔，
其為質則金玉不足喻其貴，其為體則冰雪不足喻其潔。
其為神則星日不足喻其精，其為貌則花月不足喻其色。
姊娣悉慕媖嫺[12]，嫗媼咸仰慧德。
孰料鳩鴆惡其高，鷹鷙翻遭罦罬[13]；

緋衣人駕赤虬來召李賀，說是上帝建成了白玉樓，叫他去寫記文。還說天上比較快樂，要李賀不必推辭。

33.玉虬—白玉色的無角龍。後文的「鷖」是鳳凰。屈原《離騷》：「駟玉虬以乘鷖兮」。

34.穹窿—天看上去中間高，四方下垂像篷帳，所以稱穹窿。

30.瑤象—指美玉和象牙製成的車子。屈原《離騷》：「為余駕飛龍兮，雜瑤象以為車。」

36.箕尾—箕星和尾星，和下文的虛、危都屬

薋葹[14]妒其臭，茝蘭[15]竟被芟鉏[16]。
花原自怯，豈奈狂飈？柳本多愁，何禁驟雨！
偶遭蠱蠆[17]之讒，遂抱膏肓之疚。
故櫻唇紅褪，韻吐呻吟；杏臉香枯，色陳顑頷[18]。
諑謠謑詬，出自屏幃；荊棘蓬榛，蔓延窗戶。
既懷幽沉於不盡，復含罔屈於無窮。
高標見嫉，閨闈恨比長沙；貞烈遭危，巾幗慘於雁塞。
自蓄辛酸，誰憐夭折？仙雲既散，芳趾難尋。
洲迷聚窟，何來卻死之香？海失靈槎，不獲回生之藥。
眉黛煙青，昨猶我畫；指環玉冷，今倩誰溫？
鼎爐之剩藥猶存，襟淚之餘痕尚漬。
鏡分鸞影，愁開麝月之奩[19]；梳化龍飛，
哀折檀雲之齒[20]。委金鈿於草莽，拾翠盒於塵埃。
樓空鳷鵲[21]，從懸七夕之針[22]；

二十八宿星座。古代神話，商王的相叫傅説，死後精神寄托於箕星和尾星之間，叫做「騎箕尾」，見《莊子·大宗師》。這裡隱指芙蓉女兒的靈魂。

37. 豐隆、望舒——神話中的雲神和駕馬車的神。後文的「雲廉」即「飛廉」，風神。「望舒」之「望」，在誄文中兼作動詞用。

38. 鸞鷖——鸞鳥與鷖鳥。皆鳳屬。用以比喻君子。

39. 紉蘅杜以為佩——把蘅、杜等香草串連起來作為身上的佩飾。

帶斷鴛鴦，誰續五絲之縷？況乃金天屬節，白帝司時；孤衾有夢，空室無人。桐階月暗，芳魂與倩影俱消；蓉帳香殘，嬌喘共細腰俱絕。連天衰草，豈獨蒹葭；匝地悲聲，無非蟋蟀。露階晚砌，穿簾不度寒砧；雨荔秋垣，隔院希聞怨笛。芳名未泯，檐前鸚鵡猶呼；艷質將亡，檻外海棠預萎。捉迷屏後，蓮瓣[23]無聲；鬥草庭前，蘭芳枉待。拋殘繡線，銀箋彩袖誰裁？折斷冰絲，金斗御香未熨。

昨承嚴命，既趨車而遠陟芳園；今犯慈威，復拄杖而遣拋孤柩。及聞蕙棺被燹，頓違共穴之情；石槨成災，愧逮同灰之誚[24]。

爾乃[25]西風古寺，淹滯青燐；落日荒丘，零星白骨。楸榆颯颯，蓬艾蕭蕭。隔霧壙以啼猿，繞煙塍[26]而泣鬼。

《離騷》：「紉秋蘭以為佩。」

40. **檠蓮焰**─在燈台裡點燃起蓮花似的燈焰。檠，燈台。

41. **觶斝（音假）**─古代兩種酒器。

42. **汗漫**─古代傳說有個叫盧敖的碰到仙人名叫若士，向他請教，若士用「吾與汗漫期于九垓之外」的理由拒絕了他的請求。見《淮南子·道應訓》。汗漫是一個擬名，寓有混混茫茫不可知見的意思。九垓，即九天。

43. **窀穸（音諄夕）**─墓穴。

豈道紅綃帳裡，公子情深；始信黃土隴中，女兒命薄！汝南斑斑淚血[27]，灑向西風；梓澤默默餘衷[28]，訴憑冷月。嗚呼！固鬼蜮之為災，豈神靈之有妒！毀詖奴[29]之口，討豈從寬？剖悍婦之心，忿猶未釋。在卿之塵緣雖淺，而玉之鄙意尤深。因蓄惓惓之思[30]，不禁諄諄之問。始知上帝垂旌，花宮待詔。生儕蘭蕙，死轄芙蓉。聽小婢之言，似涉無稽；據濁玉之思，深為有據。何也？昔葉法善攝魂以撰碑[31]，李長吉被詔而為記[32]：事雖殊，其理則一也。故相物以配才，苟非其人，惡乃濫乎？始信上帝委托權衡，可謂至洽至協，庶不負其所秉賦也。因希其不昧之靈，或陟降於茲，

44.反其真—反回到本源，指死。語出《莊子．大宗師》。

45.懸附—「懸疣附贅」的簡稱，指瘤和贅肉，是身體上多餘的東西。

46.嗟來—招喚靈魂到來的話。

47.蓮心—古樂府中常喻男女思念之苦，用「蓮心」諧音「憐心」。

48.素女—神女名，善彈瑟。見《史記．封禪書》。

49.宓妃—傳說她是伏羲氏的女兒，淹死在洛水中，成了洛神。

50.寒簧擊敔（音與）—寒簧，仙女名。偶因一

特不揣鄙俗之詞，有汙慧聽。

乃歌而招之曰：

天何如是之蒼蒼兮，乘玉虬[33]以遊乎穹窿[34]耶？
地何如是之茫茫兮，駕瑤象[35]以降乎泉壤耶？
望傘蓋之陸離兮，抑箕尾[36]之光耶？
列羽葆而為前導兮，衛危虛於傍耶？
驅豐隆[37]以為庇從兮，望舒月以臨耶？
聽車軌而伊軋兮：御鸞鷖[38]以徵耶？
聞馥郁而飄然兮，紉蘅杜以為佩耶[39]？
爛裙裾之爍爍兮，鏤明月以為璫耶？
借葳蕤而成壇畤兮，檠蓮焰[40]以燭蘭膏耶？
文瓠瓟以為觶斝[41]兮，灑醽醁以浮桂醑耶？
瞻雲氣而凝眸兮，仿佛有所覘耶？
俯波痕而屬耳兮，恍惚有所聞耶？

笑下人間。洪昇《長生殿》昔為月中仙。曾奉月主娘娘之命陪同太真王妃觀賞月中歌舞，後又向太真索取霓裳新譜。

敔，古代的一種樂器，製成一隻伏著的老虎的形狀。

51. 嵩嶽之妃—指靈妃。《舊唐書・禮儀志》：武則天垂拱四年，「下制號嵩山為神嶽，尊嵩山神為天中王，夫人為靈妃。」

52. 驪山之姥—《漢書・律曆志》中說殷周時有驪山女子，才藝出眾。到了唐宋以後，猶傳為期汗漫[42]而無際兮，捐棄予於塵埃耶？
倩風廉之為余驅車兮，冀聯轡而攜歸耶？
余中心為之慨然兮，徒噭噭而何為耶？
卿偃然而長寢兮，豈天運之變於斯耶？
既窀穸[43]且安穩兮，反其真[44]而又奚化耶？
予猶桎梏而懸附[45]兮，靈格予以嗟來[46]耶？
來兮止兮，卿其來耶？
若夫鴻蒙而居，寂靜以處，雖臨於茲，予亦莫睹。
搴煙蘿而為步障，列蒼蒲而森行伍。警柳眼之貪眠，
釋蓮心[47]之味苦，素女[48]約於桂巖，宓妃[49]迎於蘭渚。
弄玉吹笙，寒簧擊敔[50]。徵嵩嶽之妃[51]，啟驪山之姥[52]。
龜呈洛浦之靈[53]，獸作咸池之舞[54]。
潛赤水兮龍吟，集珠林兮鳳翥。
爰格爰誠，匪笤匪筥[55]。發軔[56]乎霞城[57]，還旌乎玄圃[58]。

女仙，尊稱為「姥」或「老母」。

53.龜呈洛浦之靈—古代傳說黃帝東巡黃河，過洛水。黃河中的龍背圖來獻，洛水中的烏龜背了書來獻，上面都是赤文篆字。見《水經注》。

54.獸作咸池之舞—舜時，夔作樂，百獸都一起跳舞。見《史記五帝本紀》。咸池，是堯的樂曲名，一說是黃帝的樂曲。

55.匪簠匪筥—「匪」通「非」。「簠」和「筥」古代祭祀和宴會用的盛糧食的器皿。（音府舉）

既顯微而若逋，復氤氳而倏阻。離合兮煙雲，空蒙兮霧雨。塵霾斂兮星高，溪山麗兮月午。何心意之忡忡，若寤寐之栩栩？予乃欷歔悵怏，泣涕徬徨。人語兮寂歷，天籟兮篔簹[59]。鳥驚散而飛，魚唼喋[60]以響。誌哀兮是禱，成禮兮期祥。嗚呼哀哉！尚饗！

讀畢，遂焚帛奠茗，依依不捨。小丫鬟催至再四，方才回身。忽聽山石之後有一人笑道：「且請留步。」二人聽了，不覺大驚。

那小丫鬟回頭一看，卻是個人影兒從芙蓉花裡走出來，她便大叫：「不好，有鬼！晴雯真來顯魂了！」唬得寶玉也忙看時，究竟是人是鬼，且聽下回分解。

56. 軔—阻礙車輪轉動的木棍，車發動時須抽去。

57. 霞城—神話以為元始天尊居紫雲之閣，碧霞為城。後以碧霞城或霞城為神仙居處。

58. 玄圃—神仙居處，傳說在昆侖山上。

59. 篔簹（音雲當）——一種長節的竹子。

60. 唼喋（音煞札）—水鳥或水面上魚兒爭食的聲音。

◎第七九回◎

薛文起悔娶河東獅
賈迎春誤嫁中山狼

…話說寶玉才祭完了晴雯，只聽花影中有人聲，倒唬了一跳。既走出來細看，不是別人，卻是黛玉，滿面含笑，口內說道：「好新奇的祭文！可與《曹娥碑》並傳的了。」

寶玉聽了，不覺紅了臉，笑答道：「我想著世上這些祭文都蹈於熟濫了，所以改個新樣。原不過是我一時的頑意，誰知又被妳聽見了。有什麼大使不得的，何不改削改削。」

…黛玉道：「原稿在那裡？倒要細細一讀。長篇大論，不知說的是什麼，只聽見中間兩句，什麼『紅綃帳裡，公子多情，黃土壟中，女兒薄命。』這一聯意思卻好，只是『紅綃帳裡』未免熟濫些。放著現成真事，為什麼不用？」

寶玉忙問：「什麼現成的真事？」

黛玉笑道：「咱們如今都係霞彩紗糊的窗槅，何不說『茜紗窗下，公子多情』呢？」寶玉聽了，不禁跌足笑道：「好極，是極！到底是妳想的出，說的出。可知天下古今現成的好景妙事盡多，只是我們愚人想不出來罷了。但只一件：雖然這一改新妙之極，卻是妳在這裡住著還可以，我實不敢當。」說著，又連說「不敢當」。

黛玉笑道：「何妨？我的窗即可為你之窗，何必如此分晰？也太生疏了。古人異姓陌路，尚然『肥馬輕裘，敝之無憾』，何況咱們。」

寶玉笑道：「論交道，不在肥馬輕裘，即黃金白璧，亦不當錙銖較量，倒是這唐突閨閣，卻是萬萬使不得的。如今我索性將

『公子』、『女兒』改去，竟算是妳誄她的倒好。況且素日妳又待她甚厚，故今寧可棄了這一篇文，萬不可棄這『茜紗』新句。莫若改作『茜紗窗下，小姐多情，黃土壟中，丫鬟薄命』，如此一改，雖與我無涉，我也愜懷。」

…黛玉笑道：「她又不是我的丫頭，何用此話？況且小姐丫鬟亦不典雅，等我的紫鵑死了，我再如此說，還不算遲。」寶玉聽了忙笑道：「這是何苦，又咒她？」

黛玉笑道：「是你要咒的，並不是我說的。」

寶玉道：「我又有了，這一改可妥當了。莫若說『茜紗窗下，我本無緣，黃土壟中，卿何薄命！』」

…黛玉聽了，陡然變色，雖有無限狐疑，外面卻不肯露出，反連忙含笑點頭稱妙，說：「果然改的好。再不必亂改了，快去幹正經事罷。才剛太太打發人叫你，明兒一早快過大舅母那邊去。你二姐姐已有人家求准了，想是明兒那家人來拜允，所以叫你們過去呢。」

寶玉拍手道：「何必如此忙。我身上也不大好，明兒還未必能去呢。」

……黛玉道：「又來了，我勸你把脾氣改改罷，一年大二年小……」

一面說話，一面咳嗽起來，寶玉忙道：「這裡風冷，咱們只顧站著，涼了可不是頑的。快回去罷。」

黛玉道：「我也家去歇息了，明兒再見罷。」說著，便自取路去了，寶玉只得悶悶的轉步，忽想起來黛玉無人隨伴，忙命小丫頭子跟了送回去，自己到了怡紅院中，果有王夫人打發嬤嬤們來，吩咐他明日一早過賈赦那邊來，與方才黛玉之言相對。

…原來賈赦已將迎春許與孫家了。這孫家乃是大同府人氏，祖上係軍官出身，乃當日寧榮府中之門生，算來亦係至交。如今孫家只有一人在京，現襲指揮之職，此人名喚孫紹祖，生得相貌魁梧，體格健壯，弓馬嫺熟，應酬權變，年紀未滿三十，且又家資饒富，現在兵部候缺提陞。因未有室，賈赦見是世交之孫，且人品家當，都相稱合，遂青目擇為東床嬌婿。

…亦曾回明賈母。賈母心中卻不十分願意，但想來攔阻亦必不聽，兒女之事，自有天意前因，況且她親父主張，何必出頭多事，因此只說「知道了」三字，餘不多及。

……賈政又深惡孫家，雖是世交，當年不過是彼祖希慕榮寧之勢，有不能了結之事才拜在門下的，並非詩禮名族之裔，因此倒勸諫過兩次，無奈賈赦不聽，也只得罷了。

……寶玉卻從未會過這孫紹祖一面的，次日只得過去，聊以塞責。只聽見說娶親的日子甚急，不過今年就要過門的。又見邢夫人等回了賈母，將迎春接出大觀園去等事，越發掃去了興頭，每日痴痴呆呆的，不知作何消遣。又聽得說，要陪四個丫頭過去，更又跌足自歎道：「從今後，這世上又少了五個清淨人了。」

因此天天到紫菱洲一帶地方，徘徊瞻眺，見其軒窗寂寞，屏帳翛然[1]，不過有幾個該班上夜的老嫗。再看那岸上的蓼花葦葉，池內的翠荇香菱，也都覺搖搖落落，似有追憶故人之態，迥非素常逞妍鬥色之可比。所以情不自禁，乃信口吟成

1. 翛（音消）然——素然、空寂在的樣子。

一歌曰：

池塘一夜秋風冷，吹散芰荷紅玉影。
蓼花菱葉不勝愁，重露繁霜壓纖梗。
不聞永晝敲棋聲，燕泥點點汙棋枰。
古人惜別憐朋友，況我今當手足情！

…寶玉方才吟罷，忽聞背後有人笑道：「你又發什麼呆呢？」寶玉回頭忙看是誰，原來是香菱。寶玉忙轉身笑問道：「我的姐姐，妳這會子跑到這裡來做什麼？許多日子也不進來逛逛。」

…香菱拍手笑嘻嘻的說道：「我何曾不來？如今你哥哥回來了，那裡比先時自由自在的了。才剛我們奶奶使人來找你鳳姐姐的，竟沒找著，說往園子裡來了。我聽見了這個話，我就討了這件差事，進來找她。遇見她的丫頭，說在稻香村呢。如今我往稻香村去，誰知又遇見了你：我且問你，襲人姐姐這幾日可好？怎麼忽然把個晴雯姐姐也沒了，到底是什麼病？二姑娘搬出去的好快，你瞧瞧，這地方好空落落的。」寶玉只有一味答應，又讓她同到怡紅院去吃茶。

……香菱道：「此刻竟不能，等找著璉二奶奶，說完了正經事再來。」

寶玉道：「什麼正經事，這麼忙？」

香菱道：「為你哥哥娶嫂子的事，所以要緊。」

寶玉道：「正是。說的到底是那一家的？只聽見吵鬧了這半年，今兒有說張家的好，明兒又要李家的，後兒又議論王家的。這些人家的女兒，她也不知道造了什麼罪了，叫人家好端端議論。」

香菱道：「如今定了，可以不用拉扯別家了。」

……寶玉忙問：「定了誰家的？」

香菱道：「因你哥哥上次出門時，順路到了個親戚家去。這門親原是老親，且又和我們是同在戶部掛名行商，也是數一數二的大門戶。前日說起來，你們兩府都也知道的。合長安城中，上至王侯，下至買賣人，都稱他家是桂花夏家。」

……寶玉笑問道：「如何有這稱呼？」

香菱道：「他家本姓夏，非常的富貴。其餘田地不用說，單有幾十頃地種著桂花，凡這長安城裡城外桂花局，俱是他家的，連宮裡一應陳設盆景，亦是他家供奉，因此才有這個渾號。如今大爺也沒了，只有老奶奶帶著一個親生的姑娘過活，也並沒有哥兒兄弟，可惜他竟一門盡絕了後。」

……寶玉忙道：「咱們也別管他絕後不絕後，只是這姑娘可好？你們大爺怎麼就中意了？」

香菱笑道：「一則是天緣，二來是『情人眼裡出西施』。當年又通家來往，從小兒都一處頑過。敍親是姑舅兄妹，又沒嫌疑。雖離了這幾年，前兒一到他家，夏奶奶又是沒兒子的，一見了你哥哥出落的這樣，又是哭，又是笑，竟比見了兒子的還勝。

「又令他兄妹相見，誰知這姑娘出落得花朵似的了，在家裡也讀書寫字，所以你哥哥當時就一心看準了。連當舖裡老夥計們一群人，遭擾了人家三四日，他們還留多住幾日，好容易苦辭，才放回家。

「你哥哥一進門，就咕咕唧唧，求我們太太去求親。我們太太原是見過的，且又門當戶對，也就依了。和這裡姨太太鳳姑娘商議了，打發人去一說，就成了。只是娶的日子太急，所以我們忙亂的很。我也巴不得早些過來，又添一個作詩的人了。」

……寶玉冷笑道：「雖如此說，但只我倒替妳擔心慮後呢。」

香菱道：「這是什麼話！我倒不懂了。」

寶玉笑道：「這有什麼不懂的？只怕再有個人來，薛大哥就不肯疼妳了。」

香菱聽了，不覺紅了臉，正色說道：「這是怎麼說？素日咱們都是廝抬廝敬，今日忽然提起這些事來，怪不得人人都說你是個親近不得的人。」一面說，一面轉身走了。

……寶玉見他這樣，便悵然如有所失，呆呆的站了半天，思前想後，不覺滴下淚來，只得沒精打彩，還入怡紅院來。一夜不曾安穩，睡夢中猶喚晴雯，或魘魔驚怖，種種不寧。次日便懶進飲食，身體作熱。此皆近日抄檢大觀園，逐司棋，別迎春，悲晴雯等羞辱、驚恐、悲淒之所致，兼以風寒外感，故釀成一疾，臥床牀不起。

……賈母聽得如此，天天親來看視。王夫人心中自悔，不合因晴雯過於逼責了他。心中雖如此，臉上卻不露出。只吩咐眾奶娘等好生服侍看守。一日兩次，帶進醫生來診脈下藥。

……一月之後，方才漸漸的痊愈。

……賈母命好生保養，過一百日方許動葷腥油麵等物，方可出門行走。這一百日內，院門前皆不許到，只在房中頑笑。四五十日後，就把他拘約的火星亂迸，那裡忍耐得住。雖百般設法，無奈賈母、王夫人執意不從，也只得罷了。因此和那些丫鬟們無所不至，恣意耍笑作戲。

……又聽得薛蟠那裡擺酒唱戲，熱鬧非常，已娶親入門，聞得這夏家小姐十分俊俏，也略通文翰，寶玉恨不得就過去一見才好。

……再過些時，又聞得迎春出了閣。寶玉思及當時姊妹們一處，耳鬢廝磨，從今一別，縱得相逢，必不得似先前這等親密了。眼前又不能去一望，真令人悽惶迫切之至。少不得潛心忍耐，暫同這些丫鬟們廝鬧釋悶，幸免賈政責備逼迫讀書之難。這百日內，只不曾拆毀了怡紅院，和這些丫鬟們無法無天，凡世上所無之事，都頑耍出來。如今且不消細說。

……※……※……※……

……且說香菱自那日搶白了寶玉之後，自為寶玉有意唐突[2]她：

「怨不得我們寶姑娘不敢親近他，可見我不如寶姑娘遠矣；怨不得林姑娘時常和他角口，氣的痛哭，自然唐突她也是有的了。從此倒要遠避他才好。」

因此，以後連大觀園也不輕易進來了。日日忙亂著。薛蟠娶過親，自以為得了護身符，自己身上分去責任，到底比這樣安寧些；二則又聞得是個有才有貌的佳人，自然是典雅和平的。因此，她心中盼過門的日子，比薛蟠還急十倍。好容易盼得一日娶過了門，她便十分殷勤小心服侍。

……原來這夏家小姐今年方十七歲，生得亦頗有姿色，亦頗識得幾個字．若論心中的丘壑經緯，頗步熙鳳之後塵。只吃虧了一件，從小時父親去世的早，又無同胞弟兄，寡母獨守此女，嬌養溺愛，不啻珍寶，凡女兒一舉一動，彼母皆百依百

2.唐突——輕率地冒犯。

隨，因此未免嬌養太過，竟釀成個盜跖[3]的性氣。愛自己尊若菩薩，窺他人穢如糞土；外具花柳之姿，內秉風雷之性。在家中時常就和丫鬟們使性弄氣，輕罵重打的。今日出了閣，自以為要作當家的奶奶，比不得作女兒時靦腆溫柔，須拿出威風來，才鈐壓[4]得住人。況且見薛蟠氣質剛硬，舉止驕奢，若不趁熱竈一氣炮製熟爛，將來必不能自豎旗幟矣。又見有香菱這等一個才貌俱全的愛妾在室，越發添了「宋太祖滅南唐」之意。

因她家多桂花，她小名就喚做金桂。她在家時不許人口中帶出「金」、「桂」二字，凡有不留心誤道一字者，她便定要苦打重罰才罷。她因想「桂花」二字是禁止不住的，須得另喚一名，因想桂花曾有廣寒嫦娥之說，便將桂花改為嫦娥花，又寓自己身分如此

3. 盜跖—是春秋時代的黑道大首領，徒眾九千人。他橫行天下，為所欲為，認為人生苦短，歡樂無多，最好的選擇，即是完全照自己的慾望去活。

4. 鈐壓—管束壓伏。

……薛蟠本是個憐新棄舊的人，且是有酒膽無飯力的，如今得了這樣一個妻子，正新鮮興頭上，凡事未免盡讓她些。那夏金桂見了這般形景，便也試著一步緊似一步。一月之中，二人氣概還都相平，至兩月之後，便覺薛蟠的氣概漸次低矮了下去了。

……一日薛蟠酒後，不知要行何事，先與金桂商議，金桂執意不從。薛蟠便忍不住發了幾句話，賭氣自行了。金桂便哭得如醉人一般，茶湯不進，裝起病來。請醫療治，醫生又說：「氣血相逆，當進寬胸順氣之劑。」

薛姨娘恨得罵了薛蟠一頓，說：「如今娶了親，眼前抱兒子了，還是這樣胡鬧。人家鳳凰蛋似的，好容易養了一個女兒，比花朵兒還輕巧，原看的你是個人物，才給你做老婆。你不說收了心，安分守己，一心一計和和氣氣的過日子，還是這樣胡鬧，喝了黃湯，折磨人家。這會子花錢吃藥白遭心。」

……一席話說的薛蟠後悔不迭，反來安慰金桂。金桂見婆婆如此說，越發得意了，更裝出些張致[5]來，不理薛蟠。薛蟠沒了主意，惟有自歎而已，好容易十天半月之後，才漸漸的哄轉過金桂的心來。自此便加一倍小心，氣概不免又矮了半截下來。

……那金桂見丈夫旗纛漸倒，婆婆善良，也就漸漸的持戈試馬。先時不過挾制薛蟠，後來倚嬌作媚，將及薛姨媽，後將至薛寶釵。

……寶釵久察其不軌之心，每隨機應變，暗以言語彈壓其志。金桂知其不可犯，便欲尋隙，苦於無隙可乘，只得曲意附就。

5.張致——模樣，樣子。

……一日，金桂無事，因和香菱閒談，問香菱家鄉父母。香菱皆答忘記了。金桂便不悅，說有意欺瞞了她。因問她「香菱」二字是誰起的名字，香菱便答道：「姑娘起的。」

金桂冷笑道：「人人都說姑娘通，只這一個名字就不通。」

香菱忙笑道：「奶奶若說姑娘不通，奶奶沒和姑娘講究過。說起來她的學問，連我們姨老爺時常還誇呢！」欲知香菱說出何話，且聽下回分解。

◎第八〇回◎

美香菱屈受貪夫棒
王道士胡謅妒婦方

……話說金桂聽了，將脖項一扭，嘴唇一撇，鼻孔裡哧哧兩聲，拍著掌冷笑道：「菱角花誰聞見香來著？若說菱角香了，正經那些香花放在哪裡？可是不通之極。」

香菱道：「不獨菱角花，就連荷葉、蓮蓬，都是有一股清香的。但它那原不是花香可比。若靜日靜夜或清早半夜細領略了去，那一股清香比是花兒都好聞呢。就連菱角、雞頭、葦葉、蘆根，得了風露，那一股清香，也是令人心神爽快的。」

……金桂道：「依妳說，那蘭花、桂花，倒香得不好了？」

香菱說到熱鬧頭上忘了忌諱，便接口道：

「蘭花、桂花的香，又非別花之香可比……」一句未完，金桂的丫鬟名喚寶蟾者，忙指著香菱的臉兒說道：「妳要死，要死！妳怎麼叫起姑娘的名字來！」

香菱猛省了，反不好意思，忙陪笑說：「一時說順了嘴，奶奶別計較。」

……金桂笑道：「這有什麼，妳也太小心了。但只是我想這個『香』字到底不妥，意思要換一個字，不知妳服不服？」

香菱忙笑道：「奶奶說哪裡話，此刻連我一身一體俱屬奶奶，何得換一名字反問我服不服，叫我如何當得起！奶奶說哪一個字好，就用哪一個。」

金桂笑道：「妳雖說得是，只怕姑娘多心，說『我起的名字，反不如妳，妳能來了幾日，就駁我的回了。』」

…香菱笑道：「奶奶有所不知，當日買了我來時，原是老奶奶使喚的，故此姑娘起的名字。後來服侍了爺，就與姑娘無涉了。如今又有了奶奶，益發不與姑娘相干。況且姑娘又是極明白的人，如何惱得這些呢。」

金桂道：「既這樣說，『香』字竟不如『秋』字妥當。菱角菱花皆盛於秋，豈不比『香』字有來歷些？」

香菱道：「就依奶奶這樣罷了。」自此後，遂改了「秋」字，寶釵亦不在意。

…只因薛蟠天性是「得隴望蜀」的，如今得娶了金桂，又見金桂的丫鬟寶蟾有三分姿色，舉止輕浮可愛，便時常要茶要水的，故意撩逗她。寶蟾雖亦解事，只是怕著金桂，不敢造次，且看金桂的眼色。

金桂亦頗覺察其意，想著：「正要擺布香菱，無處尋隙，如今他既看上了寶蟾，如今且捨出寶蟾去與他，他一定就和香菱疏遠了，我且乘他疏遠之時，便擺布了香菱。那時寶蟾原是我的人，也就好處了。」打定了主意，伺機而發。

……這日薛蟠晚間微醺，又命寶蟾倒茶來吃。薛蟠接碗時，故意捏她的手。寶蟾又喬裝躲閃，連忙縮手。兩下失誤，豁啷一聲，茶碗落地，潑了一身一地的茶。

薛蟠不好意思，佯說寶蟾不好生拿著。

寶蟾說：「姑爺不好生接。」

金桂冷笑道：「兩個人的腔調兒，都夠使了。別打量誰是傻子！」薛蟠低頭微笑不語，寶蟾紅了臉出去。

……一時安歇之時，金桂便故意的攆薛蟠別處去睡：「省的得了饞癆似的。」薛蟠只是笑。

金桂道：「要做什麼和我說，別偷偷摸摸的不中用。」

薛蟠聽了，仗著酒蓋臉，便趁勢跪在被上拉著金桂笑道：「好姐姐，妳若要把寶蟾賞了我，妳要怎樣就怎樣。妳要活人腦子也弄來給妳。」

金桂笑道：「這話好不通。你愛誰，說明了，就收在房中，省得別人看著不雅。我可要什麼呢！」

薛蟠得了這話，喜得稱謝不盡，是夜曲盡丈夫之道，奉承金桂。次日也不出門，只在家中廝鬧，越發放大了膽子。

……至午後，金桂故意出去，讓個空兒與他二人。薛蟠便拉拉扯扯的起來。寶蟾心裡也知八九分了，也就半推半就，正要入港。誰知金桂是有心等候的，料著在難分之際，便叫丫頭小捨兒過來。

……原來這小丫頭也是金桂從小兒在家使喚的，因她自幼父母雙亡，無人看管，便大家叫她作小捨兒，專作些粗笨的生活。金桂如今有意獨喚她來，吩咐道：「妳去告訴秋菱，到我屋裡將我的絹子取來，不必說我說的。」小捨兒聽了，一逕去尋著秋菱，說：「菱姑娘，奶奶的絹子忘記在屋裡了。妳去取來送上去，豈不好？」

……香菱正因金桂近日每每的折挫她，不知何意，百般竭力挽回。聽了這話，忙往房裡來取。不防正遇見他二人推就之際，一頭撞了進去，自己倒羞的耳面通紅，忙轉身迴避不迭。

……那薛蟠自為是過了明路的，除了金桂，無人可怕，所以連門也不掩，今見秋菱撞來，故也略有些慚愧，還不十分在意。

無奈寶蟾素日最是說嘴要強的，今遇見了香菱，便恨得無地縫兒可入，忙推開薛蟠，一逕跑了，口內還恨怨不迭，說他強姦力逼等語。

薛蟠好容易哄得上手，卻被秋菱打散，不免一腔興頭，變作了一腔惡怒，都在秋菱身上，不容分說，趕出來啐了兩口，罵道：「死娼婦，妳這會子做什麼來撞屍遊魂！」秋菱料事不好，三步兩步早已跑了。

……薛蟠再來找寶蟾，已無蹤跡了，於是只恨得罵秋菱。至晚飯後，已吃得醺醺然，洗澡時不防水略熱了些，燙了腳，便說秋菱有意害他，他赤條精光趕著秋菱，踢打了兩下。秋菱雖未受過這氣苦，既到此時，也說不得了，只好自悲自怨，各自走開。

……彼時金桂已暗和寶蟾說明，今夜令薛蟠和在寶蟾房中去成親，命秋菱過來陪自己睡。先是秋菱不肯，金桂說她嫌腌臢了，再必是圖安逸，怕夜裡勞動服侍，又罵說：「妳那沒見世面的主子，見一個愛一個，把我的人霸占了去，又不叫妳來。到底是什麼主意，想必是逼我死就罷了。」

……薛蟠聽了這話，又怕鬧黃了寶蟾之事，忙又趕來罵秋菱：「不識抬舉！再不去就要打了！」香菱無奈，只得抱了鋪蓋來。金桂命她在地下鋪睡。香菱無奈，只得依命。剛睡下，便叫倒茶，一時又要捶腿，如是一夜七八次，總不使其安逸穩臥片時。

……那薛蟠得了寶蟾，如獲珍寶，一概都置之不顧。恨得金桂暗暗的發恨道：「且叫你樂這幾天，等我慢慢的擺布了她，那時可別怨我！」一面隱忍，一面設計擺布秋菱。

……半月光景，忽又裝起病來，只說心疼難忍，四肢不能轉動，療治不效，眾人都說是秋菱氣的。鬧了兩日，忽又從金桂的枕頭內抖出紙人來，上面寫著金桂的年庚八字，有五根針釘在心窩並四肢骨節等處。於是眾人反亂起來，當作新聞，先報與薛姨媽。薛姨媽先忙手忙腳的；薛蟠自然更亂起來，立刻要拷打眾人。

……金桂笑道：「何必冤枉眾人，大約是寶蟾的鎮魘法兒。」

薛蟠道：「她這些時並沒有多空兒在妳房裡，何苦賴好人？」

金桂冷笑道：「除了她還有誰，莫不是我自己不成！雖有別人，誰可敢進我的房呢？」

薛蟠道：「秋菱如今是天天跟著妳，她自然知道，先拷問她就知道了。」

金桂冷笑道：「拷問誰？誰肯認？依我說，竟裝個不知道，大家丟開手罷了。橫豎治死我，也沒什麼要緊，樂得再娶好的。若據良心上說，左不過是你們三個多嫌我一個。」說著，一面痛哭起來。

…薛蟠更被這一席話激怒，順手抓起一根門閂來，一逕搶步找著秋菱，不容分說便劈頭劈面打起來，一口咬定是秋菱所施。秋菱叫屈，薛姨媽跑來禁喝說：「不問明白，你就打起人來了。這丫頭服侍我這幾年，哪一點不小心？她豈肯如今作這沒良心的事！你且問個青紅皂白，再動粗魯。」

…金桂聽見她婆婆如此說，生怕薛蟠耳軟心活了，便益發嚎啕大哭起來，一面又哭喊說：「這半個多月把我的寶蟾霸占了去，不容她進我的房，唯有秋菱跟著我睡。我要拷問寶蟾，你又護到頭裡。你這會子又賭氣打她去。治死我，再揀富貴的標緻的娶來就是了，何苦做出這些把戲來！」薛蟠聽了這些話，越發著了急。

⋯⋯薛姨媽聽見金桂句句挾制著兒子，百般惡賴的樣子，十分可恨。無奈兒子偏不硬氣，已是被她挾制軟慣了。如今又勾搭上了丫頭，被她說霸占了去，她自己反要占溫柔讓夫之禮。這魘魔法究竟不知誰作的，實是俗語說的，「清官難斷家務事」，此時正是公婆難斷床幃事了。

因無法，只得賭氣喝罵薛蟠說：「不爭氣的孽障！狗也比你體面些！誰知你三不知的把陪房丫頭也摸索上了，叫老婆說霸占了丫頭，什麼臉出去見人！也不知誰使的法子，也不問清就打人。我知道你是個得新棄舊的東西，白辜負了我當日的心。她既不好，你也不許打，我即刻叫人牙子來賣了她，你就心淨了。」

說著，又命秋菱「收拾了東西，跟我來」，一面叫人：「去！快叫個人牙子來，多少賣幾兩銀子，拔去肉中刺、眼中釘，大家過太平日子。」薛蟠見母親動了氣，早也低下頭了。

……金桂聽了這話，便隔著窗子往外哭道：「你老人家只管賣人，不必說著一個拉著一個的。我們很是那吃醋拈酸、容不下人的不成？怎麼『拔出肉中刺，眼中釘』？是誰的釘？誰的刺？但凡多嫌著她，也不肯把我的丫頭也收在房裡了。」

薛姨媽聽說，氣得身戰氣咽道：「這是誰家的規矩？婆婆這裡說話，媳婦隔著窗子拌嘴。虧妳是舊家人家的女兒！滿嘴裡大呼小喊，說的是些什麼！」

薛蟠急得跺腳說：「罷喲，罷喲！看人聽見笑話。」

……金桂意謂一不作，二不休，越發發潑喊起來了，說：「我不怕人笑話！你的小老婆治害我，我倒怕人笑話了？再不然，留下她，就賣了我！誰還不知道你薛家有錢，行動拿錢墊人，又有好親戚，挾制著別人。你不趁早施為，還等什麼？嫌我不好，誰叫你們瞎了眼，三求四告的，跑了我們家做什麼去了！」一面哭喊，一面自己拍打。薛蟠急得說又不好，勸又不好，打又不好，央告又不好，只是出入咳聲嘆氣，抱怨說運氣不好。

……當下薛姨媽早被薛寶釵勸進去了，只命人來賣秋菱。寶釵笑道：「咱們家從來只知買人，並不知賣人之說。媽可是氣糊塗了，倘或叫人聽見，豈不笑話。哥哥、嫂子嫌她不好，留著我使喚，我正也沒人使呢。」

薛姨媽道：「留著她還是惹氣，不如打發了她倒乾淨。」

寶釵笑道：「她跟著我也是一樣，橫豎不叫她到前頭去。從此斷絕了他那裡，也如賣了一般。」秋菱早已跑到薛姨媽跟前痛哭哀求，只不願出去，情願跟著姑娘，薛姨媽也只得罷了。

……自此以後，香菱果跟隨寶釵去了，把前面路徑竟一心斷絕。雖然如此，終不免對月傷悲，挑燈自嘆。雖然在薛蟠房中幾年，皆由血分中有病，是以並無胎孕。今復加以氣怒傷感，內外折挫不堪，竟釀成乾血之症，日漸羸瘦，飲食懶進，請醫服藥不效。

……那時金桂又吵鬧了數次，薛蟠有時仗著酒膽，挺撞過兩三次，持棍欲打，那金桂便遞與他身子，著他隨意打；這裡持刀欲殺時，便伸與他脖項。薛蟠也實不能下手，只得亂鬧了一陣罷了。如今已成習慣自然，反使金桂越長了威風，薛蟠越發軟了氣骨。雖是香菱猶在，卻亦如不在的一般，縱不能十分暢快，也就不覺得礙眼了，且姑置不究。如今又漸次尋嗔寶蟾。

……寶蟾比不得秋菱，最是個烈火乾柴，既和薛蟠情投意合，便把金桂放在腦後。近見金桂又作踐她，她便不肯服低容讓半點。先是一衝一撞的拌嘴，後來金桂急了，甚至於罵，再至於廝打。她雖不敢還言還手，便大撒潑性，尋死覓活，抬頭打滚，尋死覓活，晝則刀剪，夜則繩索，無所不鬧。薛蟠此時一身難以兩顧，惟徘徊觀望於二者之間，十分鬧得無法，便出門躲在外廂。

……金桂不發作性氣，有時歡喜，便糾聚人來鬬紙牌、擲骰子作樂。又生平最喜啃骨頭，每日務要殺雞鴨，將肉賞人吃，只單以油炸的焦骨頭下酒。吃得不耐煩，便肆行侮罵，說：「有別的忘八粉頭樂的，我為什麼不樂？」薛家母女總不理她，惟日夜悔恨不該娶這攪家星[1]罷了。於是寧、榮二宅之人，上上下下，無有不知，無有不嘆者。

※　※　※

……此時寶玉已過了百日，出門行走。亦曾過來見過金桂，「舉止形容也不怪厲，一般是鮮花嫩柳，與眾姊妹不差上下的人，焉得這等樣情性。可為奇之至極。」因此心下納悶。這日與王夫人請安去，又正遇見迎春奶娘來家請安，說起孫紹祖甚屬不端，「姑娘惟有背地裡淌眼抹淚的，只記接了來家散誕[2]兩日。」

王夫人因說：「我正要這兩日接她去，只因七事八事的都不遂

1. **攪家星**——罵詞。指攪亂得家庭不安的女人。

2. **散誕**——也作舒散的意思。

心，所以就忘了。前兒寶玉去了，回來也曾說過的。明日是個好日子，就接她去。」

……正說著，賈母打發人來找寶玉，說：「明兒一早往天齊廟還願。」寶玉如今巴不得各處去逛逛，聽見如此說，喜得一夜不曾合眼。次日一早，梳洗穿戴已畢，隨了兩三個老嬤嬤，坐車出西城門外天齊廟來燒香還願。

……這廟裡已於昨日預備停妥的。寶玉天生性怯，不敢近猙獰神鬼之像。這天齊廟本係前朝所修，極其雄壯。如今年深歲久，裡面泥胎塑像，皆極其凶惡。是以忙忙的供過紙馬錢糧，便退至道院歇息。

……一時吃飯畢，眾嬤嬤和李貴等人圍隨寶玉，到處頑耍了一回。寶玉睏倦，復回至靜室[3]安歇。眾嬤嬤生恐他睡著了，

3. 靜室——清淨、乾淨的屋子。多指和尚或尼姑的住室。

便請當家的老王道士來陪他說話兒。這老王道士專在江湖上賣藥，弄些海上方治病射利[4]。廟外現掛著招牌，丸散膏丹，色色俱備。亦長在寧、榮二府走動熟慣，與他起了個渾號，喚他作「王一貼」，言他的膏藥靈驗，只一貼百病皆除之意。

4. 射利——謀取財利。

……下王一貼進來，寶玉正歪在炕上想睡著，李貴等正說著「哥兒別睡著了」，廝混著。見王一貼進來，笑道：「來得好，王師父你極會說笑話兒的，說一個與我們大家聽聽。」王一貼笑道：「正是呢。哥兒別睡，仔細肚裡麵筋作怪。」說著，滿屋裡人都笑了。

……寶玉也笑著起身整衣。王一貼喝命徒弟們快泡好茶來。茗煙道：「我們爺不吃你的茶，連這屋裡坐著還嫌膏藥氣息呢。」

王一貼笑道：「沒當家花花的[5]！膏藥從不拿進這屋裡來的。知道哥兒今日必來，頭三五天就拿香薰了又薰的。」

……寶玉道：「可是呢，天天只聽見你的膏藥好，到底治什麼病？」

王一貼道：「哥兒若問我的膏藥，說來話長，其中細理，一言難盡。共藥一百二十味，君臣相濟，賓客得宜，溫涼兼用，貴賤殊方。內則調元補氣，開胃口，養榮衛[6]，寧神安志，去寒去暑，化食化痰；外則和血脈，舒筋絡，出死肌，生新肉，去風散毒。其效如神，貼過便知。」

……寶玉道：「我不信，一張膏藥就治這些病？我且問你，倒有一種病，可也貼得好麼？」

5. **沒當家花花的**——不敢當，罪過。

6. **榮衛**——中醫學名詞。榮指血的循環，衛指氣的周流。榮氣行於脈中，屬陰，衛氣行於脈外，屬陽。榮衛二氣散布全身，內外相貫，運行不已，對人體有滋養和保衛作用。

王一貼道：「百病千災，無不立效。若不見效，二爺只管揪鬍子打我這老臉，拆我這廟何如？只說了病源出來。」

寶玉笑道：「你猜，若猜得著，便貼得好。」

王一貼聽了，尋思一會，笑道：「這倒難猜，只怕膏藥有些不靈了。」

……寶玉命李貴等：「你們且出去散散。這屋裡人多，越發蒸臭了。」李貴等聽說，且都出去自便，只留下茗煙一人。這茗煙手內點著一枝夢甜香，寶玉命他坐在身旁，卻倚在他身上。

……王一貼心動，便笑著悄悄的說道：「我可猜著了。想是二爺如今有了房中的事情，要滋助的藥，可是不是？」話猶未完，茗煙先喝道：「該死，打嘴！」

寶玉猶未解，忙問：「他說什麼？」茗煙道：「信他胡說！」唬得王一貼不敢再問，只說：「哥兒明說了罷。」

寶玉道：「我問你，可有貼女人的妒病方子沒有？」王一貼聽說，拍手笑道：「這可罷了。不但說沒有方子，就是聽也沒有聽見過。」

寶玉笑道：「這樣還算不得什麼。」王一貼又忙道：「這貼妒的膏藥倒沒經過，有一種湯藥，或者可醫，只是慢些兒，不能立竿見影的效驗。」

寶玉道：「什麼湯藥，怎麼吃法？」

王一貼道：「這叫做『療妒湯』，用極好的秋梨一個，二錢冰糖，一錢陳皮，水三碗，梨熟為度。每日清早吃這麼一個梨，吃來吃去，就好了。」

寶玉道：「這也不值什麼，只怕未必見效。」

王一貼道：「一劑不效，吃十劑；今日不效，明日再吃；今年不效，吃到明年。橫豎這三味藥都是潤肺開胃不傷人的，甜絲絲的，又好吃。吃過一百歲，人橫豎是要死的，死了還妒什麼！那時就見效了。」說著，寶玉茗煙都大笑不止，罵「油嘴的牛頭」。

……王一貼笑道：「不過是閒著解午睡罷了，有什麼關係。說笑了你們就值錢。告訴你們說，連膏藥也是假的。我有真藥，我還吃了作神仙呢。有真的，跑到這裡來混！」正說著，吉時已到，請寶玉出去焚化錢糧散福。功課完畢，方進城回家。

……那時迎春已來家好半日，孫家婆娘媳婦等人已待過晚飯，打發回家去了。迎春方哭哭啼啼在王夫人房中訴委曲，說「孫紹祖好色，好賭酗酒，家中的媳婦、丫頭將及淫遍。略勸過兩三次，便罵我是『醋汁子老婆擰出來的』。

「又說老爺曾收著他五千銀子，不該使了他的。如今他來要了兩三次不得，他便指著我的臉，說道：『妳別和我充夫人娘子！妳老子使了我五千銀子，把妳准折買給我的。好不好，打一頓，攆在下房裡睡去。當日有妳爺爺在時，希圖上我們的富貴，趕著相與的。論理，我和妳父親是一輩，如今強壓我的頭，晚了一輩，不該作了這門親，倒沒的叫人看著趕勢利似的。』」一行說，一行哭得嗚嗚咽咽，連王夫人並眾姊妹無不落淚。

…王夫人只得解勸，說：「已是遇見了這不曉事的人，可怎麼樣呢？想當日妳叔叔也曾勸過大老爺，不叫做這門親的。大老爺執意不聽，一心情願，到底不做好了。我的兒！這是妳的命。」

迎春哭道：「我不信我的命就這麼不好！從小兒沒了娘，幸而過嬸子這邊過了幾年心淨日子，如今偏又是這麼個結果。」

……王夫人一面勸解，一面問她隨意要在哪裡安歇。迎春道：「乍乍的離了姊妹們，只是眠思夢想；二則還記掛著我的屋子，還得在園裡舊房子裡住得三五天，死也甘心了。不知下次還可能得住不得住了呢！」

……王夫人忙勸道：「快休亂說！年輕的夫妻們，鬥牙鬥齒，亦是萬萬人之常事，何必說這喪氣話。」仍命人忙忙的收拾紫菱洲房屋，命姊妹們陪伴著解釋。又吩咐寶玉：「不許在老太太跟前走漏風聲，倘或老太太知道了這些事，都是你說的。」寶玉唯唯的聽命。

……迎春是夕，仍在舊館安歇。眾姊妹丫鬟等，更加親熱異常。一連住了三日，才往邢夫人那邊去。先辭過賈母及王夫人，然後與眾姊妹分別，更皆悲傷不捨，還是王夫人、薛姨媽等安慰勸釋，方止住了，過那邊去。又在邢夫人處住了兩日，就有孫紹祖的人來接去。迎春雖不願去，無奈懼孫紹祖之惡，只得勉強忍情，作辭去了。

……邢夫人本不在意，也不問其夫妻和睦，家務煩難，只面情塞責而已。且聽下回分解。

◎第八一回◎

占旺相四美釣游魚
奉嚴詞兩番入家塾

……且說迎春歸去之後，邢夫人像沒有這事，倒是王夫人撫養了一場，卻甚實傷感，在房中自己歎息了一回。只見寶玉走來請安，看見王夫人臉上似有淚痕，也不敢坐，只在旁邊站著。王夫人叫他坐下，寶玉才挨上炕來，就在王夫人身旁坐了。

……王夫人見他呆呆的瞅著，似有欲言不言的光景，便道：「你又為什麼這樣呆呆的？」寶玉道：「並不為什麼，只是昨兒聽見二姐姐這種光景，我實在替她受不得。雖不敢告訴老太太，卻這兩夜只是睡不著。

「我想咱們這樣人家的姑娘，那裡受得這樣的委曲？況且二姐姐是個最懦弱的人，向來不會和人拌嘴，偏偏兒的遇見這樣沒人心的東西，竟一點兒不知道女人的苦處！」說著，幾乎滴下淚來。

⋯⋯王夫人道：「這也是沒法兒的事。俗語說的『嫁出去的女孩兒，潑出去的水。』叫我能怎麼樣呢？」

寶玉道：「我昨兒夜裡倒想了一個主意，咱們索性回明了老太太，把二姐姐接回來，還叫她紫菱洲住著，仍舊我們姊妹弟兄們一塊兒吃，一塊兒頑，省得受孫家那混帳行子[1]的氣。等他來接，咱們硬不叫他去。由他接一百回，咱們留一百回，只說是老太太的主意。這個豈不好呢！」

⋯⋯王夫人聽了，又好笑，又好惱，說道：「你又發了呆氣了，混

1. 混帳行子——指品行惡劣的人。

說的是什麼！大凡做了女孩兒，終久是要出門子的，嫁到人家去，娘家那裡顧得，也只好看她自己的命運，碰得好就好，碰得不好也就沒法兒。

「你難道沒聽見人說『嫁雞隨雞，嫁狗隨狗』，那裡個個都像你大姐姐做娘娘呢？況且你二姐姐是新媳婦，孫姑爺也還是年輕的人，各人有各人的脾氣，新來乍到，自然要有些扭別的。過幾年大家摸著脾氣兒，生兒長女，以後那就好了。你斷斷不許在老太太跟前說起半個字，我知道了是不依的。你快些幹你的去罷，不要在這裡混說。」

說得寶玉也不敢作聲，坐了一回，無精打彩的出來了。憋著一肚子悶氣，無處可洩，走到園中，一逕往瀟湘館來。

……剛進了門，便放聲大哭起來。黛玉正在梳洗才畢，見寶玉這個光景，倒嚇了一跳，問：「是怎麼了？和誰慪了氣了？」

連問幾聲．寶玉低著頭，伏在桌子上，嗚嗚咽咽哭的說不出話來。

黛玉便在椅子上怔怔的瞅著他，一會子問道：「到底是別人和你慪了氣了，還是我得罪了你呢？」

寶玉搖手道：「都不是，都不是。」

黛玉道：「那麼著，為什麼這麼傷起心來？」

寶玉道：「我只想著咱們大家越早些死的越好，活著真真沒有趣兒！」

黛玉聽了這話，更覺驚訝道：「這是什麼話，你真正發了瘋了不成？」

…寶玉道：「也並不是我發瘋，我告訴妳，妳也不能不傷心。前兒二姐姐回來的樣子和那些話，妳也都聽見看見了。我想人到了大的時候，為什麼要嫁？嫁出去受人家這般苦楚？

「還記得咱們初結海棠社的時候，大家吟詩做東道，那時候何等熱鬧．如今寶姐姐家去了，連香菱也不能過來，二姐姐又出了門子了，幾個知心知意的人，都不在一處，弄得這樣光景。我原打算去告訴老太太，接二姐姐回來，誰知太太不依，倒說我呆，混說。我又不敢言語。

「這不多幾時，妳瞧瞧，園中光景，已經大變了。若再過幾年，又不知怎麼樣了？故此越想不由人不心裡難受起來。」

…黛玉聽了這番言語，把頭漸漸的低了下去，身子漸漸的退至炕上，一言不發，歎了口氣，便向裡躺下去了。

…紫鵑剛拿進茶來，見他兩個這樣，正在納悶。只見襲人來了，進來看見寶玉，便道：「二爺在這裡呢麼？老太太那裡叫呢。我估量著二爺就是在這裡。」黛玉聽見是襲人，便欠身起來讓坐。

……黛玉的兩個眼圈兒已經哭的通紅了。寶玉看見道：「妹妹，我剛才說的不過是些呆話，妳也不用傷心。妳要想我的話時，身子更要保重才好。妳歇歇兒罷，老太太那邊叫我，我看看去就來。」說著，往外走了。

……襲人悄問黛玉道：「妳兩個人又為什麼？」黛玉道：「他為他二姐姐傷心，我是剛才眼睛發癢揉的，並不為什麼。」襲人也不言語，忙跟了寶玉出來，各自散了。寶玉來到賈母那邊，賈母卻已經歇晌，只得回到怡紅院。

……到了午後，寶玉睡了中覺起來，甚覺無聊，隨手拿了一本書看。襲人見他看書，忙去沏茶伺候。誰知寶玉拿的那本書卻是《古樂府》，隨手翻來，正看見曹孟德「對酒當歌，人生幾何」一首，不覺刺心。因放下這一本，又拿一本看時，卻是晉文，翻了幾頁，忽然把書掩上，托著腮，只管癡癡的坐著。

……襲人倒了茶來，見他這般光景便道：「你為什麼又不看了？」寶玉也不答言，接過茶，喝了一口，便放下了。襲人一時摸不著頭腦，也只管站在旁邊，呆呆的看著他。忽見寶玉站起來，嘴裡咕咕噥噥的說道：「好一個『放浪形骸之外』！」襲人聽了，又好笑，又不敢問他，只得勸道：「你若不愛看這些書，不如還到園裡逛逛，也省得悶出毛病來。」

……那寶玉只管口中答應，只管出著神，往外走了。一時走到沁芳亭，但見蕭疏景象，人去房空。又來至蘅蕪院，更是香草依然，門窗掩閉。轉過藕香榭來，遠遠的只見幾個人在蓼汀一帶闌干上靠著，有幾個小丫頭蹲在地下找東西。寶玉輕輕的走在假山背後聽著。

……只聽一個說道：「看牠洑上來不洑上來。」好似李紋的語音。一個笑道：「好，下去了。我知道牠不上來的。」這個卻是探春的聲音。

一個又道：「是了，姐姐妳別動，只管等著，牠橫豎上來。」

一個又說：「上來了。」這兩個是李綺邢岫煙的聲兒。

……寶玉忍不住，拾了一塊小磚頭兒，往那水裡一撂，「咕咚」一聲，四個人都嚇了一跳，驚訝道：「這是誰這麼促狹？唬了我們一跳。」

寶玉笑著從山子後頭直跳出來笑道：「妳們好樂啊，怎麼不叫我一聲兒？」

探春道：「我就知道再不是別人，必是二哥哥這樣淘氣。沒什麼說的，你好好兒的賠我們的魚罷。剛才一個魚上來，剛剛兒的要釣著，叫你唬跑了。」

寶玉笑道：「妳們在這裡頑竟不找我，我還要罰妳們呢。」大家笑了一回。

寶玉道：「咱們大家今兒釣魚，占占誰的運氣好。看誰釣得著，就是他今年的運氣好，釣不著，就是他今年運氣不好。咱們誰先釣？」

探春便讓李紋，李紋不肯。探春笑道：「這樣就是我先釣。」回頭向寶玉說道：「二哥哥，你再趕走了我的魚，我可不依了。」

寶玉道：「頭裡原是我要唬妳們頑，這會子妳只管釣罷。」

探春把絲繩拋下，沒十來句話的工夫，就有一個楊葉竄兒[2]，

2.楊葉竄兒——一種淡水小魚，俗稱竄條魚，因形狀細長似楊柳葉，故稱。

吞著鉤子把漂兒墜下去，探春把竿一挑，往地下一撩，卻是活迸的。侍書在滿地上亂抓，兩手捧著，擱在小磁罈內，清水養著。

……探春把釣竿遞與李紋，李紋也把釣竿垂下，但覺絲兒一動，忙挑起來，卻是個空鉤子。又垂下去，半晌，鉤絲一動，又挑起來，還是空鉤子。李紋把那鉤子拿上來一瞧，原來往裡鉤了。李紋笑道：「怪不得釣不著。」忙叫素雲把鉤子敲好了，換上新蟲子，上邊貼好了葦片兒，垂下去。一會兒，見葦片直沉下去，急忙提起來，倒是一個二寸長的鯽瓜兒[3]。

……李紋笑著道：「寶哥哥釣罷。」寶玉道：「索性三妹妹和邢妹妹釣了，我再釣。」岫煙卻不答

3. 鯽瓜兒——即鯽魚。

言。只見李綺道：「寶哥哥先釣罷。」說著水面上起了一個泡兒。

探春道：「不必盡著讓了，妳看那魚都在三妹妹那邊呢，還是三妹妹快著釣罷。」李綺笑著接了釣竿兒，果然沉下去就釣了一個。然後岫煙也釣著了一個。隨將竿子仍舊遞給探春，探春才遞與寶玉。

……寶玉道：「我是要做姜太公的。」便走下石磯，坐在池邊釣起來，豈知那水裡的魚看見人影兒，都躲到別處去了。寶玉掄著釣竿等了半天，那釣絲兒動也不動。剛有一個魚兒在水邊吐沫，寶玉把竿子一幌，又唬走了。

急的寶玉道：「我最是個性兒急的人，牠偏性兒慢，這可怎麼樣呢？好魚兒，快來罷！你也成全成全我呢。」說得四人都笑了。一言未了，只見釣絲微微一動，寶玉喜得滿懷，用力往上一兜，把釣竿往石上一碰，折作兩段，絲也振斷了，鉤子也不知往那裡去了。眾人越發笑起來。

探春道：「再沒見像你這樣魯人[4]。」

……正說著，只見麝月慌慌張張的跑來，說：「二爺，老太太醒了，叫你快去呢。」五個人都唬了一跳。

探春便問麝月道：「老太太叫二爺什麼事？」

麝月道：「我也不知道，就只聽見說是什麼鬧破了，叫寶玉來問，還要叫璉二奶奶一塊兒查問呢。」嚇得寶玉發了一回呆，說道：「不知又是那個丫頭遭了瘟了！」

探春道：「不知什麼事，二哥哥你快去，有什麼信兒，先叫麝月來告訴我們一聲兒。」說著，便同李紋、李綺、岫煙走了。

……※……※……※……

4.魯人——指魯莽的人。

……寶玉走到賈母房中，只見王夫人陪著賈母摸牌。寶玉看見無事，才把心放下了一半。賈母見他進來，便問道：「你前年那一次大病的時候，後來虧了一個瘋和尚，和個瘸道士治好了的。那會子病裡，你覺得是怎麼樣？」

寶玉想了一回，道：「我記得得病的時候兒，好好的站著，倒像背地裡有人把我攔頭一棍，疼的眼睛前頭漆黑，看見滿屋子裡都是些青面獠牙拿刀舉棒的惡鬼。躺在炕上，覺得腦袋上加了幾個腦箍似的。以後便疼的任什麼不知道了。到好的時候，又記得堂屋裡一片金光，直照到我房裡來，那些鬼都跑著躲避，便不見了。我的頭也不疼了，心上也就清楚了。」

……賈母告訴王夫人道：「這個樣兒，也就差不多了。」說著鳳姐也進來了，見了賈母，又回身見過了王夫人，說道：「老祖宗要問我什麼？」
賈母道：「妳前年害了邪病，妳還記得怎麼樣？」
鳳姐兒笑道：「我也全不記得，但覺自己身子不由自主，倒像有些鬼怪拉拉扯扯，要我殺人才好。有什麼拿什麼，見什麼殺什麼。自己原覺很乏，只是不能住手。」
賈母道：「好的時候還記得麼？」
鳳姐道：「好的時候，好像空中有人說了幾句話似的，卻不記得說什麼來著。」
賈母道：「這麼看起來，竟是她了。他姐兒兩個病中的光景，和才說的一樣。這老東西竟這樣壞心，寶玉枉認了她做乾媽。倒是這個和尚、道人，阿彌陀佛，才是救寶玉性命的，只是沒有報答他。」
鳳姐道：「怎麼老太太想起我們的病來呢？」
賈母道：「妳問妳太太去，我懶得說。」

王夫人道：「才剛老爺進來，說起寶玉的乾媽竟是個混帳東西，邪魔怪道的，如今鬧破了，被錦衣府拿住，送入刑部監，要問死罪的了。前幾天被人告發的，那個人叫做什麼潘三保，有一所房子，賣與斜對過當舖裡。這房子加了幾倍價錢，潘三保還要加，當舖那裡還肯。潘三保便買囑了這老東西，因她常到當舖裡去，那當舖裡人的內眷都與她好的，她就使了個法兒，叫人家的人便得了邪病，家翻宅亂起來。

「她又去說，這個病她能治，就用些神馬紙錢燒獻了，果然見效。她又向人家內眷們，要了十幾兩銀子。豈知老佛爺有眼，應該敗露了。這一天急要回去，掉了一個絹包兒，當舖裡人撿起來一看，裡頭有許多紙人，還有四丸子很香的藥，正詫異著呢，那老東西倒回來找這絹包兒。

「這裡的人，就把她拿住，身邊一搜，搜出一個匣子，裡面有象牙刻的一男一女，不穿衣服，光著身子的兩個魔王，還有七根硃紅繡花針。立時送到錦衣府去，問出許多官員家大戶太太姑娘們的隱情事來。

「所以知會了營裡，把她家中一抄，抄出好些泥塑的煞神[5]，幾匣子悶香[6]。炕背後空屋子裡挂著一盞七星燈[7]，燈下有幾個草人，有頭上戴著腦箍的，有胸前穿著釘子的，有項上拴著鎖子的。櫃子裡無數紙人兒，底下幾篇小賬，上面記著某家驗過，應找銀若干。得人家油錢香分也不計其數。」

……鳳姐道：「咱們的病，一準是她。我記得咱們病後，那老妖精向趙姨娘處來過幾次，要向趙姨娘討銀子，見了我，便臉上變貌變色，兩眼黧雞似的。我當初還猜疑了幾遍，總不知什麼原故。如今說起來，卻原來都是有因的。

「但只我在這裡當家，自然惹人恨怨，怪不得人治我。寶玉可和人有什麼仇呢，忍得下這樣毒手？」

5. 煞神——凶惡可怕的神。

6. 悶香——燃燒起來使人聞了昏迷的一種麻醉藥香。

7. 七星燈——舊時祭神的油燈。燃七個燈火，故名。

賈母道：「焉知不因我疼寶玉不疼環兒，竟給你們種了毒了呢。」

王夫人道：「這老貨已經問了罪，決不好叫她來對證。沒有對證，趙姨娘那裡肯認賬？事情又大，鬧出來，外面也不雅，等她自作自受，少不得要自己敗露的。」

賈母道：「妳這話說的也是，這樣事，沒有對證，也難作準。只是佛爺菩薩看得真，他們姐兒兩個，如今又比誰不濟了呢？罷了，過去的事，鳳哥兒也不必提了。今日妳和妳太太都在我這邊吃了晚飯再過去罷。」遂叫鴛鴦琥珀等傳飯。

鳳姐趕忙笑道：「怎麼老祖宗倒操起心來？」王夫人也笑了。只見外頭幾個媳婦伺候。鳳姐連忙告訴小丫頭子傳飯：「我和太太都跟著老太太吃。」

……正說著，只見玉釧兒走來，對王夫人道：「老爺要找一件什麼東西，請太太伺候了老太太的飯完了，自己去找一找呢。」

賈母道：「妳去罷，保不住妳老爺有要緊的事。」

……王夫人答應著，便留下鳳姐兒伺候，自己退了出來。回至房中，和賈政說了些閒話，把東西找了出來。

賈政便問道：「迎兒已經回去了，她在孫家怎麼樣？」

王夫人道：「迎丫頭一肚子眼淚，說孫姑爺凶橫的了不得。」因把迎春的話述了一遍。

賈政歎道：「我原知不是對頭，無奈大老爺已說定了，教我也沒法。不過迎丫頭受些委屈罷了。」

王夫人道：「這還是新媳婦，只指望他以後好了便好。」說著，嗤的一笑。

……賈政道：「笑什麼？」
王夫人道：「我笑寶玉今兒早起，特特的到這屋裡來，說的都是些孩子話。」
賈政道：「他說什麼？」王夫人把寶玉的言語，笑述了一遍。
……賈政也忍不住的笑。因又說道：「妳提寶玉，我正想起一件事來。這小孩子天天放在園裡，也不是事。生女兒不得濟，還是別人家的人，生兒若不濟，關係非淺。
「前日倒有人和我提起一位先生來，學問人品都是極好的，也是南邊人。但我想南邊先生，性情最是和平，咱們城裡的孩子，個個踢天弄井[8]，鬼聰明倒是有的，可以搪塞就搪塞過去了，膽子又大，先生再要不肯給沒臉，一日哄哥兒似的，沒的白耽誤了。所以老輩子不肯請外頭的先生，只在本家擇出有年紀、再有點學問的請來掌家塾。

8. **踢天弄井**——比喻放縱不拘，為所欲為。

「如今儒大太爺，雖學問也只中平，但還彈壓的住這些小孩子們，不至以顢頇[9]了事。我想寶玉閒著總不好，不如仍舊叫他家塾中讀書去罷了。」

王夫人道：「老爺說的很是。自從老爺外任去了，他又常病，竟耽擱了好幾年。如今且在家學裡溫習溫習，也是好的。」

賈政點頭，又說些閒話，不題。

…且說寶玉次日起來，梳洗已畢，早有小廝們傳進話來說：「老爺叫二爺說話。」寶玉忙整理了衣服，來至賈政書房中，請了安站著。

賈政道：「你近來作些什麼功課？雖有幾篇字，也算不得什麼。我看你近來的光景，越發比頭幾年散蕩了，況且每每的見你推病不肯念書。如今可大好了，我還聽見你天天在園子裡，和姊妹們頑頑笑笑，甚至和那些丫頭們混鬧，把自己的

9. 顢頇——糊塗而馬虎。

正經事，總丟在腦袋後頭。就是做得幾句詩詞，也並不怎麼樣，有什麼稀罕處！

「比如應試選舉，到底以文章為主，你這上頭倒沒有一點兒工夫。我可囑咐你：自今日起，再不許做詩做對的了，單要習學八股文章。限你一年，若毫無長進，你也不用念書了，我也不願有你這樣的兒子了。」

遂叫李貴來，說：「明兒一早，傳焙茗跟了寶玉去，收拾應念的書籍，一齊拿過來我看看，親自送他到家學裡去。」

喝命寶玉：「去罷！明日起早來見我。」寶玉聽了，半日竟無一言可答，因回到怡紅院來。

……襲人正在著急聽信，見說取書，倒也歡喜。獨有寶玉要人即刻送信與賈母，欲叫攔阻。

賈母得信，便命人叫寶玉來，告訴他說：「只管放心先去，別叫你老子生氣。有什麼難為你，有我呢。」

寶玉沒法，只得回來囑咐了丫頭們：「明日早早叫我，老爺要等著送我到家學裡去呢。」襲人等答應了，同麝月兩個，倒替著醒了一夜。

……次日一早，襲人便叫醒寶玉，梳洗了，換了衣服，打發小丫頭子傳了焙茗在二門上伺候，拿著書籍等物。襲人又催了兩遍，寶玉只得出來，過賈政書房中來，先打聽老爺過來了沒有。

書房中小廝答應：「方才一位清客相公請老爺回話，裡邊說梳洗呢，命清客相公出去候著去了。」

寶玉聽了，心裡稍稍安頓，連忙到賈政這邊來。恰好賈政著人來叫寶玉，便跟著進去。賈政不免又囑咐幾句話，帶了寶玉，上了車，焙茗拿著書籍，一直到家塾中來。

……早有人先搶一步，回代儒說：「老爺來了。」代儒站起身來，賈政早已走入，向代儒請了安。拉著手問了好，又問：「老太太近日安麼？」寶玉過來也請了安。賈政站著，請代儒坐了，然後坐下。

……賈政道：「我今日自己送他來，因要求托一番．這孩子年紀也不小了，到底要學個成人的舉業，才是終身立身成名之事。如今他在家中，只是和些孩子們混鬧，雖懂得幾句詩詞，也是胡謅亂道的，就是好了，也不過是風雲月露，與一生的正事毫無關涉。」代儒道：「我看他相貌也還體面，靈性也還去得，為什麼不念書，只是心野貪頑？詩詞一道，不是學不得的，只要發達了以後，再學還不遲呢。」

……賈政道：「正是如此。自今只求叫他讀書、講書、作文章，倘或不聽教訓，還求太爺認真的教管他，才不至有名無實的，白耽誤了他的一世。」說畢，站起來又作了一個揖，然後說了些閒話，才辭了出去。代儒送至門首，說：「老太太前替我問好請安罷。」賈政答應著，自己上車去了。

……代儒回身進來，看見寶玉在西南角靠窗戶擺著一張花梨小桌，右邊堆下兩套舊書，薄薄儿的一本文章，叫焙茗將紙墨筆硯都擱在抽屜裡藏著。

代儒道：「寶玉，我聽見說你前兒有病，如今可大好了？」

寶玉站起來道：「大好了。」

代儒道：「如今論起來，你可也該用功了。你父親望你成人，懇切的很。你且把從前念過的書，打頭的理一遍。每日早起理書，飯後寫字，晌午講書，念幾遍文章就是了。」

寶玉答應了個「是」。回身坐下時，不免四面一看．見昔時金榮輩不見了幾個，又添了幾個小學生，都是些粗俗平常的，忽然想起秦鐘來，如今沒有一個做得伴說句知心話兒的，心上淒然不樂，卻不敢作聲，只有悶著看書。

⋯代儒告訴寶玉道：「今日頭一天，早些放你家去罷。明日要講書了。但是你又不是很愚夯[10]的，明日我倒要你先講一兩章書我聽，試試你近來的功課何如，我才曉得你到怎麼個分兒上頭。」說得寶玉心中亂跳。

⋯欲知明日聽解何如，且聽下回分解。

10. 愚夯——愚蠢笨拙，遲鈍不機靈。

◎第八二回◎

老學究講義警玩心
病瀟湘痴魂驚惡夢

…話說寶玉下學回來，見了賈母。賈母笑道：「好了，如今野馬上了籠頭了。去罷，見見你老爺，回來散散兒去罷。」

寶玉答應著，去見賈政。

賈政道：「這早晚就下了學來麼？師父給你定了功課沒有？」

寶玉道：「定了。早起理書，飯後寫字，晌午講書念文章。」

賈政聽了，點點頭兒，因道：「去罷，還到老太太那邊陪著坐坐去。你也該學些人功道理，別一味的貪玩。晚上早些睡，天天上學，早些起來。你聽見了？」

寶玉連忙答應幾個「是」，退出來，忙忙又去見王夫人，又到賈母那邊打了個照面兒。恨不得一步就走到瀟湘館才好。

……剛進門口，便拍著手笑道：「我依舊回來了！」猛可的倒唬了黛玉一跳。紫鵑打起簾子，寶玉進來坐下。

黛玉道：「我恍惚聽見你念書去了。這麼早就回來了？」

寶玉道：「噯呀了不得！我今兒不是被老爺叫了念書去了麼？心上倒像沒有和妳們見面的日子了。好容易熬了一天，這會子瞧見妳們，竟如死而復生的一樣，真真古人說：『一日三秋』，這話再不錯的。」

……黛玉道：「你上頭去過了沒有？」

寶玉道：「都去過了。」

黛玉道：「別處呢？」

寶玉道：「沒有。」

黛玉道：「你也該瞧瞧她們去。」
寶玉道：「我這會子懶待動了，只和妹妹坐著說一會子話兒罷。老爺還叫早睡早起，只好明兒再瞧她們去了。」
黛玉道：「你坐坐兒，可是正該歇歇兒去了。」
寶玉道：「我那裡是乏，只是悶得慌。這會子咱們坐著才把悶散了，妳又催起我來。」
黛玉微微的一笑，因叫紫鵑：「把我的龍井茶給二爺泡一碗。二爺如今念書了，比不得頭裡。」紫鵑笑著答應，去拿茶葉，叫小丫頭子泡茶。
…寶玉接著說道：「還提什麼念書？我最厭這些道學話。更可笑的是八股文章，拿它誆功名混飯吃也罷了，還要說『代聖賢立言』。好些的，不過拿些經書湊搭湊搭還罷了，更有一種可笑的，肚子裡原沒有什麼，東拉西扯，弄的牛鬼蛇神，還自以為博奧。這那裡是闡發聖賢的道理！目下老爺口口聲聲叫我學這個，我又不敢違拗，妳這會子還提念書呢。」

……黛玉道：「我們女孩兒家，雖然不要這個，但小時跟著你們雨村先生念書，也曾看過。內中也有近情近理的，也有清微淡遠的。那時候雖不大懂，也覺得好，不可一概抹倒。況且你要取功名，這個也清貴些。」

寶玉聽到這裡，覺得不甚入耳，因想黛玉從來不是這樣人，怎麼也這樣勢欲薰心起來？又不敢在她跟前駁回，只在鼻子眼裡笑了一聲。

……正說著，忽聽外面兩個人說話，卻是秋紋和紫鵑。只聽秋紋道：「襲人姐姐叫我老太太那裡接去，誰知卻在這裡。」

紫鵑道：「我們這裡才沏了茶，索性讓他喝了再去。」說著，二人一齊進來。

寶玉和秋紋笑道：「我就過去，又勞動妳來找。」

秋紋未及答言，只見紫鵑道：「你快喝了茶去罷，人家都想了一天了。」

秋紋啐道：「呸，好混帳丫頭！」說的大家都笑了。

寶玉起身才辭了出來。黛玉送到屋門口兒，紫鵑在臺階下站著，寶玉出去，才回房裡來。

……卻說寶玉回到怡紅院中，進了屋子，只見襲人從裡間迎出來，便問：「回來了麼？」

秋紋應道：「二爺早來了，在林姑娘那邊來著。」

寶玉道：「今日有事沒有？」

襲人道：「事卻沒有。方才太太叫鴛鴦姐姐來吩咐我們：如今老爺發狠叫你念書，如有丫鬟們再敢和你頑笑，都要照著晴雯、司棋的例辦。我想，服侍你一場，賺了這些言語，也沒什麼趣兒。」說著，便傷起心來。

寶玉忙道：「好姐姐，妳放心。我只好生念書，太太再不說妳們了。我今兒晚上還要看書，明日師父叫我講書呢。我要使喚，橫豎有麝月、秋紋呢，妳歇歇去罷。」

襲人道：「你要真肯念書，我們服侍你也是歡喜的。」

……寶玉聽了，趕忙吃了晚飯，就叫點燈，把念過的《四書》翻出來。只是從何處看起？翻了一本看去，章章裡頭似乎明白，細按起來，卻不很明白。看著小注，又看講章，鬧到梆子下來了，自己想道：「我在詩詞上覺得很容易，在這個上頭竟沒頭腦。」便坐著呆呆的呆想。

襲人道：「歇歇罷，做工夫也不在這一時的。」寶玉嘴裡只管胡亂答應。麝月、襲人才服侍他睡下，兩個才也睡了。及至睡醒一覺，聽得寶玉炕上還是翻來覆去。

襲人道：「你還醒著呢麼？你倒別混想了，養養神，明兒好念書。」

寶玉道：「我也是這樣想，只是睡不著。妳來給我揭去一層被。」

襲人道：「天氣不熱，別揭罷。」

寶玉道：「我心裡煩躁的很。」自把被窩褪下來。襲人忙爬起來按住，把手去他頭上一摸，覺得微微有些發燒。

襲人道：「你別動了，有些發燒了。」

寶玉道：「可不是！」

襲人道：「這是怎麼說呢！」

寶玉道：「不怕，是我心煩的原故。你別吵嚷，省得老爺知道了，必說我裝病逃學，不然怎麼病的這樣巧。明兒好了，原到學裡去，就完事了。」

襲人也覺得可憐，說道：「我靠著你睡罷。」便和寶玉捶了一回脊梁，不知不覺大家都睡著了。

……直到紅日高升，方才起來，寶玉道：「不好了，晚了！」急忙梳洗畢，問了安，就往學裡來了。

代儒已經變著臉，說：「怪不得你老爺生氣，說你沒出息。第二天你就懶惰，這是什麼時候才來！」寶玉把昨兒發燒的話說了一遍，方過去了，原舊念書。

……到了下晚，代儒道：「寶玉，有一章書你來講講。」寶玉過來一看，卻是「後生可畏」章。

寶玉心上說：「這還好，幸虧不是《學》《庸》。」問道：「怎麼講呢？」

代儒道：「你把節旨[1]句子細細兒講來。」

寶玉把這章先朗朗的念了一遍，說：「這章書是聖人勉勵後生，教他及時努力，不要弄到……」說到這裡，抬頭向代儒一瞧。

代儒覺得了，笑了一笑道：「你只管說，講書是沒有什麼避忌的。《禮記》上說『臨文不諱』，只管說，『不要弄到』什麼？」

寶玉道：「不要弄到老大無成。先將『可畏』二字激發後生的志氣，後把『不足畏』二字警惕後生的將來。」說罷，看著代儒。

代儒道：「也還罷了。串講[2]呢？」

寶玉道：「聖人說，人生少時，心思才力，樣樣聰明能幹，實在是可怕的。那裡料得定他後來的日子不像我的今日？若是

1. **節旨**——章旨。總括經書章節大意的話。

2. **串講**——逐字逐句地講解課文或把整篇著作內容連貫起來概括講述。

悠悠忽忽到了四十歲，又到五十歲，既不能發達，這種人雖是他後生時像個有用的，到了那個時候，這一輩子就沒有人怕他了。」

……代儒笑道：「你方才節旨講的倒清楚，只是句子裡有些孩子氣。『無聞』二字不是不能發達做官的話。『聞』是實在自己能夠明理見道，就不做官也是有『聞』了。不然，古聖賢有遁世不見知的，豈不是不做官的人？難道也是『無聞』麼？『不足畏』是使人料得定，方與『焉知』的『知』字對針，不是『怕』的字眼。要從這裡看出，方能入細。你懂得不懂得？」

寶玉道：「懂得了。」

代儒道：「還有一章，你也講一講。」代儒往前揭了一篇，指給寶玉。寶玉看是「吾未見好德如好色者也。」寶玉覺得這一章卻有些刺心[3]，便陪笑道：「這句話沒有什麼講頭。」

代儒道：「胡說！譬如場中出了這個題目，也說沒有做頭麼？」

……寶玉不得已，講道：「是聖人看見人不肯好德，見了色便好的了不得。殊不想德是性中本有的東西，人偏都不肯好他。至於那個色呢，雖也是從先天中帶來，無人不好的。但是德乃天理，色是人欲，人那裡肯把天理好的像人欲似的。孔子雖是嘆息的話，又是望人回轉來的意思。並且見得人就有好德的，好得終是浮淺，直要像色一樣的好起來，那才是真好呢。」

代儒道：「這也講的罷了。我有句話問你：你既懂得聖人的話，為什麼正犯著這兩件病？我雖不在家中，你們老爺也不曾告訴我，其實你的毛病我卻盡知的。做一個人，怎麼不望長進？你這會兒正是『後生可畏』的時候，有聞不足畏全在

3. 刺心——心受刺激。

你自己做去了。

「我如今限你一個月，把念過的舊書全要理清，再念一個月文章。以後我要出題目，叫你作文章了。如若懈怠，我是斷乎不依的。自古道：『成人不自在，自在不成人。』你好生記著我的話。」寶玉答應了，也只得天天按著功課幹去。不提。

※……※……※……

…且說寶玉上學之後，怡紅院中甚覺清淨閒暇。襲人倒可做些活計，拿著針線要繡個檳榔包兒，想著如今寶玉有了功課，丫頭們可也沒有饑荒[4]了。早要如此，晴雯何至弄到沒有結果？兔死狐悲，不覺滴下淚來。忽又想到自己終身本不是寶玉的正配，原是偏房。寶玉的為人，卻還拿得住，只怕娶了一個利害的，自己便是尤二姐、香菱的後身。素來看著賈母、王夫人光景及鳳姐兒往

4. 饑荒——此指爭吵。

往露出話來，自然是黛玉無疑了。那黛玉就是個多心人。想到此際，臉紅心熱，拿著針不知戳到那裡去了，便把活計放下，走到黛玉處去探探她的口氣。

……黛玉正在那裡看書，見是襲人，欠身讓坐。

襲人也連忙迎上來問：「姑娘這幾天身子可大好了？」

黛玉道：「那裡能夠，不過略硬朗些。妳在家裡做什麼呢？」

襲人道：「如今寶二爺上了學，房中一點事兒沒有，因此來瞧瞧姑娘，說說話兒。」

……說著，紫鵑拿茶來。襲人忙站起來道：「妹妹坐著罷。」因又笑道：「我前兒聽見秋紋說，妹妹背地裡說我們什麼來著。」

紫鵑也笑道：「姐姐信她的話！我說寶二爺上了學，寶姑娘又隔斷了，連香菱也不過來，自然是悶的。」

襲人道：「妳還提香菱呢！這才苦呢，撞著這位太歲奶奶，難為她怎麼過！」把手伸著兩個指頭道：「說起來，比她還利害，連外頭的臉面都不顧了。」

黛玉接著道：「她也夠受了，尤二姑娘怎麼死了！」

襲人道：「可不是。想來都是一個人，不過名分裡頭差些，何苦這樣毒？外面名聲也不好聽。」

……黛玉從不聞襲人背地裡說人，今聽此話有因，便說道：「這也難說。但凡家庭之事，不是東風壓了西風，就是西風壓了東風。」

襲人道：「做了旁邊人，心裡先怯了，那裡倒敢去欺負人呢！」說著，只見一個婆子在院裡問道：「這裡是林姑娘的屋子麼？那位姐姐在這裡呢？」

雪雁出來一看，模模糊糊認得是薛姨媽那邊的人，便問道：「作什麼？」

婆子道：「我們姑娘打發來給這裡林姑娘送東西的。」

雪雁道：「略等等兒。」雪雁進來回了黛玉，黛玉便叫領她進來。

……那婆子進來請了安，且不說送什麼，只是覷著眼瞧黛玉，看的黛玉臉上倒不好意思起來，因問道：「寶姑娘叫妳來送什麼？」

婆子方笑著回道：「我們姑娘叫給姑娘送了一瓶兒蜜餞荔枝來。」回頭又瞧見襲人，便問道：「這位姑娘不是寶二爺屋裡的花姑娘麼？」

襲人笑道：「媽媽怎麼認得我？」

婆子笑道：「我們只在太太屋裡看屋子，不大跟太太、姑娘出門，所以姑娘們都不大認得。姑娘們碰著到我們那邊去，我們都模糊記得。」

說著，將一個瓶兒遞給雪雁，又回頭看看黛玉，因笑著向襲人道：「怨不得我們太太說這林姑娘和你們寶二爺是一對兒，原來真是天仙似的。」

襲人見她說話造次，連忙岔道：「媽媽，妳乏了，坐坐吃茶罷。」

那婆子笑嘻嘻的道：「我們那裡忙呢，都張羅琴姑娘的事呢。姑娘還有兩瓶荔枝，叫給寶二爺送去。」說著，顫顫巍巍告辭出去。

……黛玉雖惱這婆子方才冒撞，但因是寶釵使來的，也不好怎麼樣她。等她出了屋門，才說一聲道：「給妳們姑娘道費心。」那老婆子還只管嘴裡咕咕噥噥的說：「這樣好模樣兒，除了寶玉，什麼人擎受[5]的起？」黛玉只裝沒聽見。

5.擎受—承受。

襲人笑道：「怎麼人到了老來，就是混說白道的，叫人聽著又生氣，又好笑。」一時雪雁拿過瓶子來與黛玉看。

黛玉道：「我懶待吃，拿了擱起去罷。」又說了一回話，襲人才去了。

……一時，晚妝將卸，黛玉進了套間，猛抬頭看見了荔枝瓶，不禁想起日間老婆子的一番混話，甚是刺心。當此黃昏人靜，千愁萬緒，堆上心來。想起自己身子不牢，年紀又大了。看寶玉的光景，心裡雖沒別人，但是老太太、舅母又不見有半點意思。深恨父母在時，何不早定了這頭婚姻。又轉念一想道：「倘若父母在時，別處定了婚姻，怎能夠似寶玉這般人才心地，不如此時尚有可圖。」心內一上一下，輾轉纏綿，竟像轆轤一般。嘆了一回氣，掉了幾點淚，無情無緒，和衣倒下。

……不知不覺，只見小丫頭走來說道：「外面雨村賈老爺請姑娘。」

黛玉道：「我雖跟他讀過書，卻不比男學生，要見我做什麼？況且他和舅舅往來，從未提起，我也不便見的。」因叫小丫頭回覆：「身上有病不能出來，與我請安道謝就是了。」

小丫頭道：「只怕要與姑娘道喜，南京還有人來接。」

……說著，又見鳳姐同邢夫人、王夫人、寶釵等都來笑道：「我們一來道喜，二來送行。」

黛玉慌道：「妳們說什麼話？」

鳳姐道：「妳還裝什麼呆！你難道不知道林姑爺陞了湖北的糧道，娶了一位繼母，十分合心合意。如今想著妳撂在這裡，不成事體，因托了賈雨村作媒，將你許了妳繼母的什麼親戚，還說是續弦，所以著人到這裡來接妳回去。大約一到家中，就要過去的，都是妳繼母作主。怕的是道兒上沒有照應，還叫妳璉二哥哥送去。」說得黛玉一身冷汗。

黛玉又恍惚父親果在那裡做官的樣子，心上急著，硬說道：「沒有的事，都是鳳姐姐混鬧！」只見邢夫人向王夫人使個眼色兒：「她還不信呢，咱們走罷。」

黛玉含著淚道：「二位舅母坐坐去。」眾人不言語，都冷笑而去。

……黛玉此時心中乾急，又說不出來，哽哽咽咽。恍惚又是和賈母在一處的似的，心中想道：「此事惟求老太太，或還可救。」於是兩腿跪下去，抱著賈母的腰說道：「老太太救我！我南邊是死也不去的。況且有了繼母，又不是我的親娘。我是情願跟著老太太一塊兒的。」

但見老太太呆著臉兒笑道：「這個不干我事。」黛玉哭道：「老太太，這是什麼事呢。」

老太太道：「續弦也好，倒多一副妝奩。」黛玉哭道：「我若在老太太跟前，決不使這裡分外的閒錢，只求老太太救我。」

賈母道：「不中用了。做了女人，終是要出嫁的，妳孩子家不知道，在此地終非了局。」

黛玉道：「我在這裡，情願自己做個奴婢過活，自做自吃，也是願意。只求老太太作主。」老太太總不言語。

……黛玉抱著賈母的腰哭道：「老太太，妳向來最是慈悲的，又最疼我的，到了緊急的時候怎麼全不管！不要說我是妳的外孫女兒，是隔了一層了，我的娘是妳的親生女兒，看我娘分上，也該護庇些。」說著，撞在懷裡痛哭，聽見賈母道：

「鴛鴦，妳來送姑娘出去歇歇。我倒被她鬧乏了。」

……黛玉情知不是路了，求去無用，不如尋個自盡，站起來，往外就走。深痛自己沒有親娘，便是外祖母與舅母姊妹們，平時何等待的好，可見都是假的。又一想：「今日怎麼獨不見寶玉？或見一面，看他還有法兒？」便見寶玉站在面前，笑嘻嘻地說：「妹妹大喜呀！」

……黛玉聽了這一句話，越發急了，也顧不得什麼了，把寶玉緊緊拉住說：「好，寶玉，我今日才知道你是個無情無義的人了！」

寶玉道：「我怎麼無情無義？妳既有了人家兒，咱們各自幹各自的了。」

黛玉越聽越氣，越沒了主意，只得拉著寶玉哭道：「好哥哥，你叫我跟了誰去？」

寶玉道：「妳要不去，就在這裡住著。妳原是許了我的，所以妳才到我們這裡來。我待妳是怎麼樣的，妳也想想。」

…黛玉恍惚又像果曾許過寶玉的，心內忽又轉悲作喜，問寶玉道：「我是死活打定主意的了。你到底叫我去不去？」

寶玉道：「我說叫妳住下。妳不信我的話，你就瞧瞧我的心。」說著，就拿著一把小刀子往胸口上一劃，只見鮮血直流。

黛玉嚇得魂飛魄散，忙用手握著寶玉的心窩，哭道：「你怎麼做出這個事來，你先來殺了我罷！」

寶玉道：「不怕，我拿我的心給你瞧。」還把手在劃開的地方兒亂抓。黛玉又顫又哭，又怕人撞破，抱住寶玉痛哭。

寶玉道：「不好了，我的心沒有了，活不得了。」說著，眼睛往上一翻，咕咚就倒了。黛玉拚命放聲大哭。

……只聽見紫鵑叫道：「姑娘，姑娘，怎麼魘[6]住了？快醒醒兒，脫了衣服睡罷。」黛玉一翻身，卻原來是一場噩夢。喉間猶是哽咽，心上還是亂跳，枕頭上已經濕透，肩背身心，但覺冰冷。

想了一回：「父親死得久了，與寶玉尚未放定，這是從那裡說起？」又想夢中光景，無倚無靠，再真把寶玉死了，那可怎麼樣好？一時痛定思痛，神魂俱亂。又哭了一回，遍身微微的出了一點兒汗，扎掙起來，把外罩大襖脫了，叫紫鵑蓋好了被窩，又躺下去。翻來覆去，那裡睡得著。

只聽得外面淅淅颯颯，又像風聲，又像雨聲。又停了一會子，又聽得遠遠的吆呼聲兒，卻是紫鵑已在那裡睡著，鼻息出入之聲。

自己扎掙著爬起來，圍著被坐了一會。覺得窗縫裡透進一縷涼風來，吹得寒毛直豎，便又躺下。正要朦朧睡去，聽得竹枝

6. **魘**—夢中驚叫，或覺得有什麼東西壓住不能動彈。

上不知有多少家雀兒的聲兒，啾啾唧唧，叫個不住。那窗上的紙，隔著屜子[7]，漸漸的透進清光來。

…黛玉此時已醒得雙眸炯炯，一回兒咳嗽起來，連紫鵑都咳嗽醒了。

紫鵑道：「姑娘，妳還沒睡著麼？又咳嗽起來了，想是著了風了。這會兒窗戶紙發清了，也待好亮起來了。歇歇兒罷，養養神，別盡著想長想短的了。」

黛玉道：「我何嘗不要睡，只是睡不著。妳睡妳的罷。」說了又嗽起來。

…紫鵑見黛玉這般光景，心中也自傷感，睡不著了。聽見黛玉又嗽，連忙起來，捧著痰盒。這時天已亮了。

黛玉道：「妳不睡了麼？」

7. 屜子──裝在床上、椅上或窗上可以取下的片狀物。

紫鵑笑道：「天都亮了，還睡什麼呢。」
黛玉道：「既這樣，妳就把痰盒兒換了罷。」
紫鵑答應著，忙出來換了一個痰盒兒，將手裡的這個盒兒放在桌上，開了套間門出來，仍舊帶上門，放下撒花軟簾，出來叫醒雪雁。
開了屋門去倒那盒子時，只見滿盒子痰，痰中好些血星，唬了紫鵑一跳，不覺失聲道：「噯喲，這還了得！」
黛玉裡面接著問是什麼，紫鵑自知失言，連忙改說道：「手裡一滑，幾乎撂了痰盒子。」
黛玉道：「不是盒子裡的痰有了什麼？」
紫鵑道：「沒有什麼。」說著這句話時，心中一酸，那眼淚直流下來，聲兒早已岔了。
……黛玉因為喉間有些甜腥，早自疑惑，方才聽見紫鵑在外邊詫異，這會子又聽見紫鵑說話聲音帶著悲慘的光景，心中覺了八九分，便叫紫鵑：「進來罷，外頭看涼著。」紫鵑答應了一聲，這一聲更比頭裡悽慘，竟是鼻中酸楚之音。

黛玉聽了，涼了半截。看紫鵑推門進來時，尚拿手帕拭眼。黛玉道：「大清早起，好好的為什麼哭？」紫鵑勉強笑道：「誰哭來，早起起來，眼睛裡有些不舒服。姑娘今夜大概比往常醒的時候更大罷，我聽見咳嗽了大半夜。」

黛玉道：「可不是，越要睡，越睡不著。」

紫鵑道：「姑娘身上不大好，依我說，還得自己開解著些。身子是根本，俗語說的：『留得青山在，依舊有柴燒。』況這裡自老太太、太太起，那個不疼姑娘。」

只這一句話，又勾起黛玉的夢來。覺得心頭一撞，眼中一黑，神色俱變，紫鵑連忙端著痰盒，雪雁捶著脊梁，半日才吐出一口痰來。痰中一縷紫血，簌簌亂跳。紫鵑、雪雁臉都唬黃了。兩個旁邊守著，黛玉便昏昏躺下。紫鵑看著不好，連忙努嘴叫雪雁叫人去。

…雪雁才出屋門，只見翠縷、翠墨兩個人笑嘻嘻的走來。翠縷便道：「林姑娘怎麼這早晚還不出門？我們姑娘和三姑娘，都在四姑娘屋裡，講究四姑娘畫的那張園子景兒呢。」

雪雁連忙擺手兒，翠縷、翠墨二人倒都唬了一跳，說：「這是什麼原故？」雪雁將方才的事，一一告訴她二人。二人都吐了吐舌頭兒說：「這可不是頑的！妳們怎麼不告訴老太太去？這還了得！妳們怎麼這麼糊塗。」

雪雁道：「我這裡才要去，妳們就來了。」

…正說著，只聽紫鵑叫道：「誰在外頭說話？姑娘問呢。」三個人連忙一齊進來。翠縷、翠墨見黛玉蓋著被躺在床上，見了她二人便說道：「誰告訴妳們了？妳們這樣大驚小怪的。」
翠墨道：「我們姑娘和雲姑娘，才都在四姑娘屋裡，講究四姑娘畫的那張園子圖兒，叫我們來請姑娘來。不知姑娘身上又欠安了。」
黛玉道：「也不是什麼大病，不過覺得身子略軟些，躺躺兒就起來了。妳們回去告訴三姑娘和雲姑娘，飯後若無事，倒是請她們來這裡坐坐罷。寶二爺沒到妳們那邊去？」
二人答道：「沒有。」
翠墨又道：「寶二爺這兩天上了學了，老爺天天要查功課，那裡還能像從前那麼亂跑呢。」黛玉聽了，默然不言。二人又略站了一回，都悄悄的退出來了。
……且說探春、湘雲正在惜春那邊，論評惜春所畫大觀園圖，說這個多一點，那個少一點，這個太疏，那個太密。大家又議著題詩，著人去請黛玉商議。正說著，忽見翠縷、翠墨二人回來，神色匆忙。

湘雲便先問道：「林姑娘怎麼不來？」

翠縷道：「林姑娘昨日夜裡又犯了病了，咳嗽了一夜。我們聽見雪雁說，吐了一盒子痰血。」

探春聽了，詫異道：「這話真麼？」翠縷道：「怎麼不真。」

翠墨道：「我們剛才進去去瞧了瞧，顏色不成顏色，說話兒的氣力兒都微了。」

湘雲道：「不好的這麼著，怎麼還能說話呢。」

探春道：「怎麼妳這麼糊塗，不能說話不是已經……」說到這裡，卻咽住了。

惜春道：「林姐姐那樣一個聰明人，我看她總有些瞧不破，一點半點兒都要認起真來。天下事那裡有多少真的呢！」

……探春道：「既這麼著，咱們都過去看看。倘若病的利害，咱們好過去告訴大嫂子回老太太，傳大夫進來瞧瞧，也得個主意。」湘雲道：「正是這樣。」

惜春道：「姐姐們先去，我回來再過去。」

……於是探春、湘雲扶了小丫頭，都到瀟湘館來。進入房中，黛玉見她二人，不免又傷心起來。因又轉念想起夢中，連老太太尚且如此，何況她們。況且我不請她們，她們還不來呢。心裡雖是如此，臉上卻礙不過去，只得勉強令紫鵑扶起，口中讓坐。

探春、湘雲都坐在床沿上，一頭一個。看了黛玉這般光景，也自傷感。探春便道：「姐姐怎麼身上又不舒服了？」

黛玉道：「也沒什麼要緊，只是身子軟得很。」

紫鵑在黛玉身後偷偷的用手指那痰盒兒。湘雲到底年輕，性情又兼直爽，伸手便把痰盒拿起來看。不看則已，看了唬的驚疑不止，說：「這是姐姐吐的？這還了得！」

……初時，黛玉昏昏沉沉，吐了也沒細看，此時見湘雲這麼說，回頭看時，自己早已灰了一半。

探春見湘雲冒失，連忙解說道：「這不過是肺火上炎[8]，帶出一半點來，也是常事。偏是雲丫頭，不拘什麼，就這樣蠍蠍螫螫[9]的！」

湘雲紅了臉，自悔失言。探春見黛玉精神短少，似有煩倦之意，連忙起身說道：「姐姐靜靜的養養神罷，我們回來再瞧妳。」

黛玉道：「累妳兩位惦著。」探春又囑咐紫鵑好生留神服侍姑娘，紫鵑答應著。

8.肺火上炎——中醫稱肺部的邪熱。

9.蠍蠍螫螫——謂在小事情上過分地表示關心、憐惜。

……探春才要走，只聽外面一個人嚷起來。未知是誰，下回分解。

◎第八三回◎

省宮闈賈元妃染恙
鬧閨閫薛寶釵吞聲

…話說探春湘雲才要走時，忽聽外面一個人嚷道：「妳這不成人的小蹄子！妳是個什麼東西，來這園子裡頭混攪！」黛玉聽了，大叫一聲道：「這裡住不得了。」一手指著窗外，兩眼反插上去。

…原來黛玉住在大觀園中，雖靠著賈母疼愛，然在別人身上，凡事終是寸步留心。聽見窗外老婆子這樣罵著，在別人呢，一句是貼不上的，竟像專罵著自己的。自思一個千金小姐，只因沒了爹娘，不知何人指使這老婆子來這般辱罵，那裡委曲得來，因此肝腸崩裂，哭暈去了。紫鵑只是哭叫：「姑娘怎麼樣了，快醒轉來罷。」探春也叫了一回。

……半晌，黛玉回過這口氣，還說不出話來，那隻手仍向窗外指著。

探春會意，開門出去，看見老婆子手中拿著拐棍，趕著一個不乾不淨的毛丫頭道：「我是為照管這園中的花果樹木來到這裡，妳作什麼來了！等我家去，打妳一個知道。」這丫頭扭著頭，把一個指頭探在嘴裡，瞅著老婆子笑。

探春罵道：「妳們這些人如今越發沒了王法了，這裡是妳罵人的地方兒嗎？」

老婆子見是探春，連忙陪著笑臉兒說道：「剛才是我的外孫女兒，看見我來了她就跟了來。我怕她鬧，所以才吆喝她回去，那裡敢在這裡罵人呢。」

探春道：「不用多說了，快給我都出去。這裡林姑娘身上不大好，還不快去麼！」

老婆子答應了幾個「是」，說著，一扭身去了。那丫頭也就跑了。

……探春回來，看見湘雲拉著黛玉的手只管哭，紫鵑一手抱著黛玉，一手給黛玉揉胸口，黛玉的眼睛方漸漸的轉過來了。

探春笑道：「想是聽見老婆子的話，妳疑了心了麼？」黛玉只搖搖頭兒。

探春道：「她是罵她外孫女兒，我才剛也聽見了。這種東西說話再沒有一點道理的，她們懂得什麼避諱。」

黛玉聽了點點頭兒，拉著探春的手道：「妹妹……」叫了一聲，又不言語了。

探春又道：「妳別心煩。我來看妳是姊妹們應該的，妳又少人服侍。只要妳安心肯吃藥，心上把喜歡事兒想想，能夠一天一天的硬朗起來，大家依舊結社做詩，豈不好呢。」

湘雲道：「可是三姐姐說的，那麼著不樂？」

黛玉哽咽道：「妳們只顧要我喜歡，可憐我那裡熬得上這日子，只怕不能夠了！」

……探春道：「妳這話說的太過了。誰沒個病兒災兒的，那裡就想到這裡來了。妳好生歇歇兒罷，我們到老太太那邊，回來再看妳。妳要什麼東西，只管叫紫鵑告訴我。」

黛玉流淚道：「好妹妹，妳到老太太那裡只說我請安，身上略有點不好，不是什麼大病，也不用老太太煩心的。」

探春答應道：「我知道，妳只管養著罷。」說著，才同湘雲出去了。

……這裡紫鵑扶著黛玉躺在床上，地下諸事，自有雪雁照料，自己只守著旁邊，看著黛玉，又是心酸，又不敢哭泣。那黛玉閉著眼躺了半晌，那裡睡得著？覺得園裡頭平日只見寂寞，如今躺在床上，偏聽得風聲，蟲鳴聲，鳥語聲，人走的腳步聲，又像遠遠的孩子們啼哭聲，一陣一陣的聒噪的煩躁起來，因叫紫鵑放下帳子來。

…雪雁捧了一碗燕窩湯遞與紫鵑，紫鵑隔著帳子輕輕問道：「姑娘喝一口湯罷？」黛玉微微應了一聲。紫鵑復將湯遞給雪雁，自己上來攙扶黛玉坐起，然後接過湯來，擱在唇邊試了一試，一手摟著黛玉肩臂，一手端著湯送到唇邊。黛玉微微睜眼喝了兩三口，便搖搖頭兒不喝了。紫鵑仍將碗遞給雪雁，輕輕扶黛玉睡下。靜了一時，略覺安頓。

…只聽窗外悄悄問道：「紫鵑妹妹在家麼？」雪雁連忙出來，

見是襲人，因悄悄說道：「姐姐屋裡坐著。」

襲人也便悄悄問道：「姑娘怎麼著？」一面走，一面雪雁告訴夜間及方才之事。襲人聽了這話，也唬怔了，因說道：「怪道剛才翠縷到我們那邊，說妳們姑娘病了，唬的寶二爺連忙打發我來看看是怎麼樣。」

正說著，只見紫鵑從裡間掀起簾子望外看，見襲人，點頭兒叫她。襲人輕輕走過來問道：「姑娘睡著了嗎？」

紫鵑點點頭兒，問道：「姐姐才聽見說了？」

襲人也點點頭兒，蹙著眉道：「終久怎麼樣好呢？那一位昨夜也把我唬了個半死兒。」

紫鵑忙問怎麼了，襲人道：「昨日晚上睡覺還是好好兒的，誰知半夜裡一疊連聲的嚷起心疼來，嘴裡胡說白道，只說好像刀子割了去的似的。直鬧到打亮梆子[1]以後才好些了。妳說，唬人不唬人？今日不能上學，還要請大夫來吃藥呢。」

1. **亮梆子**——巡夜人在天快亮時所打的末次梆子。

……正說著，只聽黛玉在帳子裡又咳嗽起來。紫鵑連忙過來捧痰盒兒接痰。黛玉微微睜眼問道：「妳和誰說話呢？」

紫鵑道：「襲人姐姐來瞧姑娘來了。」說著，襲人已走到床前。

黛玉命紫鵑扶起，一手指著床邊，讓襲人坐下。

襲人側身坐了，連忙陪著笑勸道：「姑娘倒還是躺著罷。」

黛玉道：「不妨，妳們快別這樣大驚小怪的。剛才是說誰半夜裡心疼起來？」

襲人道：「是寶二爺偶然魘住了，不是認真怎麼樣。」黛玉會意，知道是襲人怕自己又懸心的原故，又感激又傷心。因趁勢問道：「既是魘住了，不聽見他還說什麼？」

襲人道：「也沒說什麼。」

黛玉點點頭兒。遲了半日，嘆了一聲，才說道：「妳們別告訴寶二爺說我不好，看耽擱了他的工夫，又叫老爺生氣。」

襲人答應了，又勸道：「姑娘還是躺躺歇歇罷。」黛玉點頭，命紫鵑扶著歪下。襲人不免坐在旁邊，又寬慰了幾句，然後告辭，回到怡紅院，只說黛玉身上略覺不受用，也沒什麼大病。寶玉才放了心。

……且說探春湘雲出了瀟湘館，一路往賈母這邊來。探春因囑咐湘雲道：「妹妹回來見了老太太，別像剛才那樣冒冒失失的了。」

湘雲點頭笑道：「知道了，我頭裡是叫她唬的忘了神了。」說著，已到賈母那邊。探春因提起黛玉的病來。

賈母聽了自是心煩，因說道：「偏是這兩個玉兒多病多災的。林丫頭一來二去的大了，她這個身子也要緊。我看那孩子太是個心細。」眾人也不敢答言。

賈母便向鴛鴦道：「妳告訴她們，明兒大夫來瞧了寶玉，就叫他到林姑娘那屋裡去。」

鴛鴦答應著，出來告訴了婆子們，婆子們自去傳話。這裡探春湘雲就跟著賈母吃了晚飯，然後同回園中去不提。

……到了次日，大夫來了，瞧了寶玉，不過說飲食不調，著了點兒風邪，沒大要緊，疏散疏散就好了。

……這裡王夫人鳳姐等，一面遣人拿了方子回賈母，一面使人到瀟湘館告訴說大夫就過來。紫鵑答應了，連忙給黛玉蓋好被窩，放下帳子。雪雁趕著收拾房裡的東西。

……一時賈璉陪著大夫進來了，便說道：「這位老爺是常來的，姑娘們不用迴避。」老婆子打起簾子，賈璉讓著，進入房中坐下。

賈璉道：「紫鵑姐姐，妳先把姑娘的病勢向王老爺說說。」王大夫道：「且慢說。等我診了脈，聽我說了，看是對不對，若有不合的地方，姑娘們再告訴我。」

紫鵑便向帳中扶出黛玉的一隻手來，擱在迎手[2]上。紫鵑又把鐲子連袖子輕輕的摟起，不叫壓住了脈息。

那王大夫診了好一回兒，又換那隻手也診了，便同賈璉出來，到外間屋裡坐下，說道：「六脈皆弦[3]，因平日鬱結所致。」說著，紫鵑也出來站在裡間門口。

那王大夫便向紫鵑道：「這病時常應得頭暈，減飲食，多夢，每到五更，必醒個幾次。即日間聽見不干自己的事，也必要動氣，且多疑多懼。不知者疑為性情乖誕，其實因肝陰虧損，心氣衰耗，都是這個病在那裡作怪。不知是否？」紫鵑點點頭兒，向賈璉道：「說的很是。」王太醫道：「既這樣就是了。」說畢起身，同賈璉往外書房去開方子。

小廝們早已預備下一張梅紅單帖[4]，王太醫吃了茶，因提筆先

2.迎手——中醫切脈時，墊在病人手背下的小枕。

3.六脈皆弦——六脈，指中醫切脈的六個部位。弦是脈氣緊張的表現。六脈皆弦指病情嚴重。

4.梅紅單帖——梅紅，近大紅而稍淺。單帖，舊時禮帖的一種，常用於婚嫁或中醫開方。

寫道：

六脈弦遲，素由鬱結。左寸無力，心氣已衰。
關脈獨洪，肝邪偏旺。
木氣[5]不能疏達，勢必上侵脾土，飲食無味，
甚至勝所不勝，肺金定受其殃。
氣不流精，凝而為痰；血隨氣湧，自然咳吐。
理宜疏肝保肺，涵養心脾。雖有補劑，未可驟施。
姑擬『黑逍遙』[6]以開其先，
復用『歸肺固金』以繼其後。
不揣固陋，俟高明裁服。

又將七味藥與引子寫了。賈璉拿來看時，問道：「血勢上沖，柴胡使得麼？」

王大夫笑道：「二爺但知柴胡是升提之品，為吐衄[7]所忌。豈

5.木氣——指肝氣。

6.黑逍遙——中藥方劑名。有滋陰、疏肝、養血、健脾之效。

7.吐衄（音女）——吐，吐血。衄，鼻子出血。

知用鱉血拌炒，非柴胡不足宣少陽甲膽之氣[8]。以鱉血製之，使其不致升提，且能培養肝陰，制遏邪火。所以《內經》說：『通因通用，塞因塞用。』柴胡用鱉血拌炒，正是『假周勃以安劉』[9]的法子。」

賈璉點頭道：「原來是這麼著，這就是了。」

……王大夫又道：「先請服兩劑，再加減或再換方子罷。我還有一點小事，不能久坐，容日再來請安。」說著，賈璉送了出來，說道：「舍弟的藥就是那麼著了？」

王大夫道：「寶二爺倒沒什麼大病，大約再吃一劑就好了。」說著，上車而去。

……這裡賈璉一面叫人抓藥。一面回到房中告訴鳳姐黛玉的病原與大夫用的藥，述了一遍。

8.宣少陽甲膽之氣——即宣發膽氣。

9.假周勃以安劉——借重周勃的力量安定劉氏天下。周勃，漢高祖時的太尉。比喻借用一種藥性使另一種藥性發生變化。

……只見周瑞家的走來回了幾件沒要緊的事，賈璉聽到一半，便說道：「妳回二奶奶罷，我還有事呢。」說著就走了。

周瑞家的回完了這件事，又說道：「我方才到林姑娘那邊，看她那個病，竟是不好呢。臉上一點血色也沒有，摸了摸身上，只剩得一把骨頭。問問她，也沒有話說，只是淌眼淚。

「回來紫鵑告訴我說：『姑娘現在病著，要什麼自己又不肯要，我打算要問二奶奶那裡支用一兩個月的月錢。如今吃藥雖是公中的，零用也幾個錢。』我答應了她，替她來回奶奶。」

鳳姐低了半日頭，說道：「竟這麼著罷：我送她幾兩銀子使罷，也不用告訴林姑娘。這月錢卻是不好支的，一個人開了例，要是都支起來，那如何使得呢？妳不記得趙姨娘和三姑娘拌嘴了，也無非為的是月錢。

況且近來妳也知道，出去的多，進來的少，總繞不過彎兒來。

不知道的，還說我打算的不好，更有那一種嚼舌根的，說我搬運到娘家去了。周嫂子，妳倒是那裡經手的人，這個自然還知道些。」

……周瑞家的道：「真正委曲死人！這樣大門頭兒，除了奶奶這樣心計兒當家罷了。別說是女人當不來，就是三頭六臂的男人，還撐不住呢。還說這些個混帳話。」

說著，又笑了一聲，道：「奶奶還沒聽見呢，外頭的人，還更糊塗呢。前兒周瑞回家來，說起外頭的人打量著咱們府裡不知怎麼樣有錢呢。

「也有說『賈府裡的銀庫幾間，金庫幾間，使的傢伙都是金子鑲了、玉石嵌了的。』也有說『姑娘做了王妃，自然皇上家的東西分的了一半子給娘家。前兒貴妃娘娘省親回來，我們還親見她帶了幾車金銀回來，所以家裡收拾擺設的水晶宮似的。那日在廟裡還願，花了幾萬銀子，只算得牛身上拔了一根毛罷咧。』

「有人還說：『他門前的獅子只怕還是玉石的呢。園子裡還有金麒麟，叫人偷了一個去，如今剩下一個了。家裡的奶奶姑娘不用說，就是屋裡使喚的姑娘們，也是一點兒不動，喝酒下棋，彈琴畫畫，橫豎有服侍的人呢。單管穿羅罩紗，吃的戴的，都是人家不認得的。那些哥兒姐兒們更不用說了，要天上的月亮，也有人去拿下來給他頑。』

「還有歌兒呢，說是：『寧國府，榮國府，金銀財寶如糞土。吃不窮，穿不窮，算來……』」說到這裡，猛然咽住。

……原來那時歌兒說道是「算來總是一場空」。這周瑞家的說溜了嘴，說到這裡，忽然想起這話不好，因咽住了。

…鳳姐兒聽了，已明白必是句不好的話了。也不便追問，因說道：「那都沒要緊。只是這金麒麟的話從何而來？」

周瑞家的笑道：「就是那廟裡的老道士送給寶二爺的小金麒麟兒。後來丟了幾天，虧了史姑娘撿著還了他，外頭就造出這個謠言來了。奶奶說這些人可笑不可笑？」

鳳姐道：「這些話倒不是可笑，倒是可怕的。咱們一日難似一日，外面還是這麼講究。俗語兒說的，『人怕出名豬怕壯』，況且又是個虛名兒，終久還不知怎麼樣呢。」

周瑞家的道：「奶奶慮的也是。只是滿城裡茶坊酒舖兒以及各胡同兒都是這樣說，並且不是一年了，那裡握的住眾人的嘴？」

…鳳姐點點頭兒，因叫平兒秤了幾兩銀子，遞給周瑞家的，道：「妳先拿去交給紫鵑，只說我給她添補買東西的。若要官中的，只管要去，別提這月錢的話。她也是個靈透人，自然明白我的話。我得了空兒，就去瞧姑娘去。」周瑞家的接了銀子，答應著自去。不提。

※……※……※

且說賈璉走到外面，只見一個小廝迎上來回道：「大老爺叫二爺說話呢。」賈璉急忙過來，見了賈赦。

賈赦道：「方才風聞宮裡頭傳了一個太醫院御醫、兩個吏目[10]去看病，想來不是宮女兒下人了。這幾天娘娘宮裡有什麼信兒沒有？」

賈璉道：「沒有。」

賈赦道：「你去問問二老爺和你珍大哥。不然，還該叫人去到太醫院裡打聽打聽才是。」賈璉答應了，一面吩咐人往太醫院去，一面連忙去見賈政賈珍。

10. **吏目**——官名。清代唯太醫院、五城兵馬司及各州置之。其職除太醫院吏目與醫士類似外，其餘或掌文書，或佐理刑獄及官署事務。

…賈政聽了這話，因問道：「是那裡來的風聲？」

賈璉道：「是大老爺才說的。」

賈政道：「你索性和你珍大哥到裡頭打聽打聽。」

賈璉道：「我已經打發人往太醫院打聽去了。」一面說著，一面退出來，去找賈珍。

只見賈珍迎面來了，賈璉忙告訴賈珍。

賈珍道：「我正為也聽見這話，來回大老爺二老爺去的。」於是兩個人同著來見賈政。

賈政道：「如係元妃，少不得終有信的。」說著，賈赦也過來了。

…到了晌午，打聽的人尚未回來。門上人進來，回說：「有兩個內相[11]在外要見二位老爺呢。」

賈赦道：「請進來。」門上的人領了老公[12]進來。賈赦賈政迎至

11. 內相──指宮中太監。

12. 老公──宦官的俗稱。

二門外，先請了娘娘的安，一面同著進來。走至廳上讓了坐，老公道：「前日這裡貴妃娘娘有些欠安。昨日奉過旨意，宣召親丁四人進裡頭探問。許各帶丫頭一人，餘皆不用。親丁男人，只許在宮門外遞個職名請安，聽信，不得擅入。準於明日辰巳時進去，申酉時出來。」賈政賈赦等站著聽了旨意，復又坐下，讓老公吃茶畢，老公辭了出去。

賈赦賈政送出大門，回來先稟賈母。

賈母道：「親丁四人，自然是我和你們兩位太太了。那一個人呢？」眾人也不敢答言，賈母想了一想，道：「必得是鳳姐兒，她諸事有照應。你們爺兒們各自商量去罷。」

賈赦賈政答應了出來，因派了賈璉賈蓉看家外，凡文字輩至草字輩一應都去。遂吩咐家人預備四乘綠轎，十餘輛大車，明兒黎明伺候。家人答應去了。

……賈赦賈政又進去回明老太太，辰巳時進去，申酉時出來，今日早些歇歇，明日好早些起來收拾進宮。

賈母道：「我知道，你們去罷。」赦、政等退出。這裡邢夫人王夫人、鳳姐兒也都說了一會子元妃的病，又說了些閒話，才各自散了。

……次日黎明，各間屋子丫頭們將燈火俱已點齊，太太們各梳洗畢，爺們亦各整頓好了。一到卯初，林之孝和賴大進來，至二門口回道：「轎車俱已齊備，在門外伺候著呢。」

不一時，賈赦邢夫人也過來了。大家用了早飯。鳳姐先扶老太太出來，眾人圍隨，各帶使女一人，緩緩前行。又命李貴等二人先騎馬去外宮門接應，自己家眷隨後。文字輩至草字輩各自登車騎馬，跟著眾家人，一齊去了。賈璉賈蓉在家中看家。

…且說賈家的車輛轎馬俱在外西垣門口歇下等著。一回兒，有兩個內監出來說：「賈府省親的太太奶奶們，著令入宮探問，爺們俱著令內宮門外請安，不得入見。」門上人叫快進去。賈府中四乘轎子跟著小內監前行，賈家爺們在轎後步行跟著，令眾家人在外等候。

…走近宮門口，只見幾個老公在門上坐著，見他們來了，便站起來說道：「賈府爺們至此。」賈赦賈政便挨次立定。轎子抬至宮門口，便都出了轎。早幾個小內監引路，賈母等各有丫頭扶著步行。

…走至元妃寢宮，只見奎壁[13]輝煌，琉璃照耀。又有兩個小宮女兒傳諭道：「只用請安，一概儀注都免。」賈母等謝了恩，來至床前請安畢，元妃都賜了坐。賈母等又告了坐。

13. 奎壁——白壁。

元妃便向賈母道：「近日身上可好？」

賈母扶著小丫頭，顫顫巍巍站起來，答應道：「托娘娘洪福，起居尚健。」

元妃又向邢夫人王夫人問了好，邢王二夫人站著回了話。

元妃又問鳳姐家中過的日子若何，鳳姐站起來回奏道：「尚可支持。」

元妃道：「這幾年來難為妳操心。」

……鳳姐正要站起來回奏，只見一個宮女傳進許多職名，請娘娘龍目[14]。元妃看時，就是賈赦賈政等若干人。

那元妃看了職名，眼圈兒一紅，止不住流下淚來。宮女兒遞過絹子，元妃一面拭淚，一面傳諭道：「今日稍安，令他們外面暫歇。」賈母等站起來，又謝了恩。

元妃含淚道：「父女弟兄，反不如小家子得以常常親近。」

14. 龍目——古代謂帝王隻眼為龍目，後常用及后妃。目，此作動詞用，猶言看。

賈母等都忍著淚道：「娘娘不用悲傷，家中已托著娘娘的福多了。」

元妃又問：「寶玉近來若何？」

賈母道：「近來頗肯念書。因他父親逼得嚴緊，如今文字也都做上來了。」

元妃道：「這樣才好。」

遂命外宮賜宴，便有兩個宮女兒、四個小太監引了到一座宮裡，已擺得齊整，各按坐次坐了。不必細述。

……一時吃完了飯，賈母帶著她婆媳三人謝過宴，又耽擱了一回。看看已近酉初，不敢羈留，俱各辭了出來。

元妃命宮女兒引道，送至內宮門，門外仍是四個小太監送出。

賈母等依舊坐著轎子出來，賈赦接著，大夥兒一齊回去。到家，又要安排明後日進宮，仍令照應齊集。不題。

※……※……※……

……且說薛家夏金桂，自趕了薛蟠出去，日間拌嘴沒有對頭，秋菱又住在寶釵那邊去了，只剩得寶蟾一人同住。既給與薛蟠作妾，寶蟾的意氣又不比從前了。金桂看去更是一個對頭，自己也後悔不來。

一日吃了幾杯悶酒，躺在炕上，便要借那寶蟾做個醒酒湯兒，因問著寶蟾道：「大爺前日出門，到底是到那裡去？妳自然是知道的了。」

寶蟾道：「我哪裡知道。他在奶奶跟前還不說，誰知道他那些事！」

金桂冷笑道：「如今還有什麼奶奶太太的，都是妳們的世界了。別人是惹不得的，有人護庇著，我也不敢去虎頭上捉虱子。妳還是我的丫頭，問妳一句話，妳就和我摔臉子[15]，說

15. 摔臉子——沉下臉，板起面孔。

塞話[16]。妳既這麼有勢力，為什麼不把我勒死了，妳和秋菱不拘誰做了奶奶，那不清淨了麼！偏我又不死，礙著妳們的道兒。」

……寶蟾聽了這話，那裡受得住，便眼睛直直的瞅著金桂道：「奶奶這些閒話只好說給別人聽去！我並沒和奶奶說什麼。奶奶不敢惹人家，何苦來拿著我們小軟兒[17]出氣呢。正經的，奶奶又裝聽不見，『沒事人一大堆』了。」說著，便哭天哭地起來。

金桂越發性起，便爬下炕來，要打寶蟾。寶蟾也是夏家的風氣，半點兒不讓。金桂將桌椅杯盞，盡行打翻，那寶蟾只管喊冤叫屈，那裡理會她半點兒。

……豈知薛姨媽在寶釵房中聽見如此吵嚷，叫秋菱：「妳去瞧瞧，

16. 塞話——頂撞人的話。

17. 小軟兒——弱小的人。

且勸勸她。」

寶釵道：「使不得，媽媽別叫她去。她去了豈能勸她，那更是火上澆了油了。」

薛姨媽道：「既這麼樣，我自己過去。」

寶釵道：「依我說媽媽也不用去，由著她們鬧去罷。這也是沒法兒的事了。」

薛姨媽道：「這那裡還了得！」說著，自己扶了丫頭，往金桂這邊來。寶釵只得也跟著過去，又囑咐秋菱道：「妳在這裡罷。」

…母女同至金桂房門口，聽見裡頭正還嚷哭不止。薛姨媽道：「妳們是怎麼著，又這樣家翻宅亂起來，這還像個人家兒嗎！矮牆淺屋的，難道都不怕親戚們聽見笑話了麼？」

金桂屋裡接聲道：「我倒怕人笑話呢！只是這裡掃帚顛倒豎，

也沒有主子，也沒有奴才，也沒有妻，沒有妾，是個混帳世界了。我們夏家門子裡沒見過這樣規矩，實在受不得你們家這樣委屈了！」

寶釵道：「大嫂子，媽媽因聽見鬧得慌，才過來的。就是問的急了些，沒有分清『奶奶』『寶蟾』兩字，也沒有什麼。如今且先把事情說開，大家和和氣氣的過日子，也省的媽媽天天為咱們操心。」

那薛姨媽道：「是啊，先把事情說開了，妳再問我的不是還不遲呢。」

……金桂道：「好姑娘，好姑娘，妳是個大賢大德的。妳日後必定有個好人家，好女婿，絕不像我這樣守活寡，舉眼無親，叫人家騎上頭來欺負我的。我是個沒心眼兒的人，只求姑娘我說話別往死裡挑撿！我從小兒到如今，沒有爹娘教導。再者我們屋裡老婆、漢子、大女人、小女人的事，姑娘也管不得！」

寶釵聽了這話，又是羞，又是氣，見她母親這樣光景，又是疼不過。因忍了氣說道：「大嫂子，我勸妳少說句兒罷。誰挑撿妳？又是誰欺負妳？不要說是嫂子，就是秋菱我也從來沒有加她一點聲氣兒的。」

金桂聽了這幾句話，更加拍著炕沿大哭起來，說：「我那裡比得秋菱，連她腳底下的泥我還跟不上呢！她是來久了的，知道姑娘的心事，又會獻勤兒。我是新來的，又不會獻勤兒，如何拿我比她。何苦來，天下有幾個都是貴妃的命，行點好兒罷！別修的像我嫁個糊塗行子[18]守活寡，那就是活活兒的現了眼了！」

……薛姨媽聽到這裡，萬分氣不過，便站起身來道：「不是我護

18. 行子——指不喜歡的人或物。

著自己的女孩兒，她句句勸妳，妳卻句句慪她。妳有什麼過不去，不要尋她，勒死我倒也是稀鬆[19]的。」

寶釵忙勸道：「媽媽，妳老人家不用動氣。咱們既來勸她，自己生氣，倒多了層氣。不如且出去，等嫂子歇歇兒再說。」因吩咐寶蟾道：「妳可別再多嘴了。」跟了薛姨媽出得房來。

……走過院子裡，只見賈母身邊的丫頭同著秋菱迎面走來。薛姨媽道：「妳從那裡來？老太太身上可安？」

那丫頭道：「老太太身上好，叫來請姨太太安，還謝謝前兒的荔枝，還給琴姑娘道喜。」

寶釵道：「妳多早晚來的？」

那丫頭道：「來了好一會子了。」

薛姨媽料她知道，紅著臉說道：「這如今我們家裡鬧得也不像個過日子的人家了，叫妳們那邊聽見笑話。」

19. 稀鬆——不要緊的。

丫頭道：「姨太太說那裡的話，誰家沒個碟大碗小，磕著碰著的呢。那是姨太太多心罷咧。」說著，跟了回到薛姨媽房中，略坐了一回就去了。

……寶釵正囑咐秋菱些話，只聽薛姨媽忽然叫道：「左肋疼痛的很。」說著，便向炕上躺下。唬得寶釵、香菱二人手足無措。

……要知後事如何，下回分解。

◎第八四回◎ 試文字寶玉始提親　探驚風賈環重結怨

……卻說薛姨媽一時因被金桂這場氣慪得肝氣上逆，左肋作痛。寶釵明知是這個原故，也等不及醫生來看，先叫人去買了幾錢鈎藤[1]來，濃濃的煎了一碗，給她母親吃了。又和秋菱給薛姨媽捶腿揉胸，停了一會兒，略覺安頓。

這薛姨媽只是又悲又氣，氣的是金桂撒潑，悲的是寶釵有涵養，倒覺可憐。寶釵又勸了一回，不知不覺的睡了一覺，肝氣也漸漸平復了。

寶釵便說道：「媽媽，妳這種閒氣不要放在心上才好。過幾天走的動了，樂得往那邊老太太、姨媽處去說說話兒，散散悶也好。家裡橫豎有我和秋菱照看著，諒她也不敢怎麼樣。」

薛姨媽點點頭道：「過兩日看罷了。」

……※……※……※……

……且說元妃疾愈之後，家中俱各喜歡。過了幾日，有幾個老公走來，帶著東西銀兩，宣貴妃娘娘之命，因家中省問勤勞，俱有賞賜。把物件銀兩一一交代清楚。賈赦賈政等稟明了賈母，一齊謝恩畢，太監吃了茶去了。

……大家回到賈母房中，說笑了一回。外面老婆子傳進來說：「小廝們來回道，那邊有人請大老爺說要緊的話呢。」賈母便向賈赦道：「你去罷。」賈赦答應著，退出來自去了。

……這裡賈母忽然想起，和賈政笑道：「娘娘心裡卻甚實惦記著

1. **鈎藤**——茜草科植物。中醫以代鈎的莖枝入藥，有清熱平肝，熄風定驚之效。

寶玉，前兒還特特的問他來著呢。」

賈政陪笑道：「只是寶玉不大肯念書，辜負了娘娘的美意。」

賈母道：「我倒給他上了個好兒，說他近日文章都做上來了。」

賈政笑道：「那裡能像老太太的話呢。」

賈母道：「你們時常叫他出去作詩作文，難道他都沒作上來麼。小孩子家慢慢的教導他，可是人家說的，『胖子也不是一口兒吃的』。」

賈政聽了這話，忙陪笑道：「老太太說的是。」

……賈母又道：「提起寶玉，我還有一件事和你商量。如今他也大了，你們也該留神看一個好孩子給他定下。這也是他終身的大事。也別論遠近親戚，什麼窮啊富的，只要深知那姑娘的脾氣兒好，模樣兒周正的就好。」

賈政道：「老太太吩咐的很是。但只一件，姑娘也要好，第一要他自己學好才好，不然不稂不莠[2]的，反倒耽誤了人家的女孩兒，豈不可惜？」

2. 不稂（音郎）不莠——比喻人不成材，沒出息。

……賈母聽了這話，心裡卻有些不喜歡，便說道：「論起來，現放著你們作父母的，那裡用我去操心？但只我想寶玉這孩子從小兒跟著我，未免多疼他一點兒，耽誤了他成人的正事也是有的。只是我看他那生來的模樣兒也還齊整，心性兒也還實在，未必一定是那種沒出息的，必至糟蹋了人家的女孩兒。也不知是我偏心，我看著橫豎比環兒略好些，不知你們看著怎麼樣？」

幾句話說得賈政心中甚實不安，連忙陪笑道：「老太太看的人也多了，既說他好，有造化的，想來是不錯的。只是兒子望他成人，性兒太急了一點，或者竟和古人的話相反，倒是

『莫知其子之美』了。」一句話，把賈母也慪笑了，眾人也都陪著笑了。

……賈母因說道：「你這會子也有了幾歲年紀，又居著官，自然越歷練越老成。」說到這裡，回頭瞅著邢夫人和王夫人笑道：「想他那年輕的時侯，那一種古怪脾氣，比寶玉還加一倍呢。直等娶了媳婦，才略略的懂了些人事兒。如今只抱怨寶玉，這會子我看寶玉比他還略體些人情兒呢。」說的邢夫人王夫人都笑了。

因說道：「老太太又說起逗笑兒的話兒來了。」

……說著，小丫頭子們進來告訴鴛鴦：「請示老太太，晚飯伺侯下了。」賈母便問：「妳們又咕咕唧唧的說什麼？」鴛鴦笑著回明了。

賈母道：「那麼著，妳們也都吃飯去罷，單留鳳姐兒和珍哥媳婦跟著我吃罷。」賈政及邢王二夫人都答應著，伺侯擺上飯來，賈母又催了一遍，才都退出各散。

⋯卻說邢夫人自去了。賈政同王夫人進入房中。賈政因提起賈母方才的話來，說道：「老太太這樣疼寶玉，畢竟要他有些實學，日後可以混得功名，才好不枉老太太疼他一場，也不至糟蹋了人家的女兒。」

王夫人道：「老爺這話自然是該當的。」賈政因著個屋裡的丫頭傳出去，告訴李貴：「寶玉放學回來，索性吃飯後再叫他過來，說我還要問他話呢。」

李貴答應了「是」。

⋯至寶玉放了學剛要過來請安，只見李貴道：「二爺先不用過去。老爺吩咐了，今日叫二爺吃了飯再過去呢，聽見還有話問二爺呢。」寶玉聽了這話，又是一個悶雷。只得見過賈母，便回園吃飯。三口兩口吃完，忙漱了口，便往賈政這邊來。

賈政此時在內書房坐著，寶玉進來請了安，一旁侍立。賈政問道：「這幾日我心上有事，也忘了問你。那一日你說你師父叫你講一個月的書，就要給你開筆[3]，如今算來將兩個月了，你到底開了筆了沒有？」

寶玉道：「才做過三次。師父說且不必回老爺知道，等好些再回老爺知道罷。因此這兩天總沒敢回。」

賈政道：「是什麼題目？」

寶玉道：「一個是《吾十有五而志於學》，一個是《人不知而不慍》，一個是《則歸墨》三字。」

賈政道：「都有稿兒麼？」

3. **開筆**——舊時稱學童開始作文為開筆，也叫試筆。

寶玉道：「都是做了抄出來師父又改的。」
賈政道：「你帶了家來了，還是在學房裡呢？」
寶玉道：「在學房裡呢。」
賈政道：「叫人取了來我瞧。」
寶玉連忙叫人傳話與焙茗叫他往學房中去，「我書桌子抽屜裡，有一本薄薄兒竹紙本子，上面寫著『窗課』兩字的就是，快拿來。」一回兒，焙茗拿了來遞給寶玉。寶玉呈與賈政。

……賈政翻開看時，見頭一篇寫著題目是《吾十有五而志於學》。他原本破的是「聖人有志於學，幼而已然矣。」代儒卻將幼字抹去，明用「十五」。

賈政道：「你原本『幼』字便扣不清題目了。『幼』字是從小起至十六以前都是『幼』。這章書是聖人自言學問工夫與年俱進的話，所以十五、三十、四十、五十、六十、七十俱要明點出來，才見得到了幾時有這麼個光景，到了幾時又有那麼個光景。師父把你『幼』字改了『十五』，便明白了好些。」看到承題，那抹去的原本云：「夫不志於學，人之常也。」賈政搖頭道：「不但是孩子氣，可見你本性不是個學者的志氣。」又看後句「聖人十五而志之，不亦難乎」，說道：「這更不成話了。」然後看代儒的改本云：「夫人孰不學，而志於學者卒鮮。此聖人所為自信於十五時歟？」便問改的懂得麼？寶玉答應道：「懂得。」

……又看第二篇，題目是《人不知而不慍》，便先看代儒的改本云：「不以不知而慍者，終無改其悅樂矣。」方覷著眼看那抹去的底本，說道：「你是什麼？『能無慍人之心，純乎學者也。』上一句以單做了『而不慍』三個字的題目，下一句又犯了下文君子的分界。必如改筆，才合題位呢。且下句找清上文，方是書理。須要細心領略。」寶玉答應著。

賈政又往下看，「夫不知，未有不慍者也；而竟不然。是非由悅而樂者，曷克臻此。」原本末句「非純學者乎」。

賈政道：「這也與破題同病的。這改的也罷了，不過清楚，還說得去。」

……第三篇是《則歸墨》，賈政看了題目，自己揚著頭想了一想，因問寶玉道：「你的書講到這裡了麼？」

寶玉道：「師父說，《孟子》好懂些，所以倒先講《孟子》，大前日才講完了。如今講上《論語》呢。」

賈政因看這個破承倒沒大改。破題云：「言於舍楊之外，若別無所歸者焉。」賈政道：「第二句倒難為你。」「夫墨，非欲歸者也；而墨之言已半天下矣。則舍楊之外，欲不歸於墨，得乎？」賈政道：「這是你做的麼？」

寶玉答應道：「是。」賈政點點頭兒，因說道：「這也並沒有什麼出色處，但初試筆能如此，還算不離。前年我在任上時，還出過《惟士為能》這個題目。那些童生都讀過前人這篇，不能自出心裁，每多抄襲。你念過沒有？」

寶玉道：「也念過。」

賈政道：「我要你另換個主意，不許雷同了前人，只做個破題也使得。」

寶玉只得答應著，低頭搜索枯腸。賈政背著手，也在門口站著作想。只見一個小小廝往外飛走，看見賈政，連忙側身垂手站住。賈政便問道：「作什麼？」

小廝回道：「老太太那邊姨太太來了，二奶奶傳出話來，叫預備飯呢。」賈政聽了，也沒言語。那小廝自去了。

……誰知寶玉自從寶釵搬回家去，十分想念，聽見薛姨媽來了，只當寶釵同來，心中早已忙了，便乍著膽子回道：「破題倒作了一個，但不知是不是。」

賈政道：「你念來我聽。」

寶玉念道：「天下不皆士也，能無恆產者亦僅矣。」

賈政聽了，點著頭道：「也還使得。以後作文，總要把界限分清，把神理想明白了，再去動筆。你來的時侯，老太太知道不知道？」寶玉道：「知道的。」

賈政道：「既如此，你還到老太太處去罷。」

寶玉答應了個「是」，只得拿捏著，慢慢的退出。剛過穿廊月洞門的影屏，便一溜煙跑到老太太院門口。急得焙茗在後頭趕著叫：「看跌倒了！老爺來了。」寶玉那裡聽得見。剛進得門來，便聽見王夫人、鳳姐、探春等笑語之聲。

丫頭們見寶玉來了，連忙打起簾子，悄悄告訴道：「姨太太在這裡呢。」寶玉趕忙進來給薛姨媽請安，過來才給賈母請了晚安。

賈母便問：「你今兒怎麼這早晚才散學？」寶玉悉把賈政看文章，並命作破題的話述了一遍。賈母笑容滿面。

寶玉因問眾人道：「寶姐姐在那裡坐著呢？」薛姨媽笑道：「你寶姐姐沒過來，家裡和香菱作活呢。」寶玉聽了，心中索然，又不好就走。只見說著話兒已擺上飯來，自然是賈母薛姨媽上坐，探春等陪坐。

薛姨媽道：「寶哥兒呢？」

賈母忙笑說道：「寶玉跟著我這邊坐罷。」

寶玉連忙回道：「頭裡散學時李貴傳老爺的話，叫吃了飯過去。我趕著要了一碟菜，泡茶吃了一碗飯，就過去了。老太太和姨媽姐姐們用罷。」

賈母道：「既這麼著，鳳丫頭就過來跟著我。妳太太才說她今兒吃齋，叫她們自己吃去罷。」王夫人也道：「妳跟著老太太姨太太吃罷，不用等我，我吃齋呢。」於是鳳姐告了坐，丫頭安了杯箸，鳳姐執壺斟了一巡，才歸坐。

……大家吃著酒。賈母便問道：「可是才姨太太提香菱，我聽見前兒丫頭們說『秋菱』，不知是誰，問起來才知道是她。怎麼那孩子好好的又改了名字呢？」

薛姨媽滿臉飛紅，嘆了一口氣道：「老太太再別提起。自從蟠兒娶了這個不知好歹的媳婦，成日家咕咕唧唧，如今鬧的也不成個人家了。我也說過她幾次，她牛心不聽說，我也沒那麼大精神和她們儘著吵去，只好由她們去。可不是她嫌這丫頭的名兒不好改的。」

……賈母道：「名兒什麼要緊的事呢？」

薛姨媽道：「說起來我也怪臊的，其實老太太這邊有什麼不知道的。她那裡是為這名兒不好，聽見說她因為是寶丫頭起的，她才有心要改。」

賈母道：「這又是什麼原故呢？」

薛姨媽把手絹子不住的擦眼淚，未曾說，又嘆了一口氣，道：「老太太還不知道呢，這如今媳婦子專和寶丫頭慪氣。前日老太太打發人看我去，我們家裡正鬧呢。」

……賈母連忙接著問道：「可是前兒聽見姨太太肝氣疼，要打發人看去，後來聽見說好了，所以沒著人去。依我，勸姨太太竟把他們別放在心上。再者，他們也是新過門的小夫妻，過些時自然就好了。

「我看寶丫頭性格兒溫厚和平，雖然年輕，比大人還強幾倍。前日那小丫頭子回來說，我們這邊還都贊嘆了她一會子。都像寶丫頭那樣心胸兒脾氣兒，真是百裡挑一的。不是我說句冒失話，那給人家做了媳婦兒，怎麼叫公婆不疼，家裡上上下下的不賓服[4]呢。」

寶玉頭裡已經聽煩了，推故要走，及聽見這話，又坐了呆呆的往下聽。

……薛姨媽道：「不中用。她雖好，到底是女孩兒家。養了蟠兒這個糊塗孩子，真真叫我不放心，只怕在外頭喝點子酒，鬧出事來。幸虧老太太這裡的大爺二爺常和他在一塊兒，我還放點兒心。」

寶玉聽到這裡，便接口道：「姨媽更不用懸心。薛大哥相好的都是些正經買賣大客人，都是有體面的，那裡就鬧出事來。」

薛姨媽笑道：「依你這樣說，我敢只不用操心了。」說話間，飯已吃完。寶玉先告辭了，晚間還要看書，便各自去了。

4. 賓服——配服，服貼。

……這裡，丫頭們剛捧上茶來，只見琥珀走過來，向賈母耳朵旁邊說了幾句，賈母便向鳳姐兒道：「妳快去瞧瞧巧姐兒去罷。」鳳姐聽了，還不知何故，大家也怔了。琥珀遂過來向鳳姐道：「剛才平兒打發小丫頭子來回二奶奶，說巧姐身上不大好，請二奶奶忙著些過來才好呢。」賈母因說道：「妳快去罷，姨太太也不是外人。」鳳姐連忙答應，在薛姨媽跟前告了辭。又見王夫人說道：「妳先過去，我就去。小孩子家魂兒還不全呢，別叫丫頭們大驚小怪的，屋裡的貓兒狗兒，也叫她們留點神兒。儘著孩子脾氣，偏有這些瑣碎。」鳳姐答應了，然後帶了小丫頭回房去了。

……這裡薛姨媽又問了一回黛玉的病。賈母道：「林丫頭那孩子倒罷了，只是心重些，所以身子就不大很結實了。要賭靈性兒，也和寶丫頭不差什麼，要賭寬厚待人裡頭，卻不濟她寶姐姐有耽待、有儘讓了。」

薛姨媽又說了兩句閒話兒，便道：「老太太歇子著罷。我也要到家裡去看看，只剩下寶丫頭和香菱了。打那麼同著姨太太看看巧姐兒。」

賈母道：「正是。姨太太上年紀的人看看是怎麼不好，說給她們，也得點主意兒。」薛姨媽便告辭，同著王夫人出來，往鳳姐院裡去了。

……※……※……※……

…卻說賈政試了寶玉一番，心裡卻也喜歡，走向外面和那些門客閒談。說起方才的話來，便有新進到來最善大棋的一個王爾調，名作梅的，說道：「據我們看來，寶二爺的學問已是大進了。」

賈政道：「那有進益，不過略懂得些罷咧。『學問』兩個字，早得很呢。」詹光道：「這是老世翁過謙的話。不但王大兄這般說，就是我們看，寶二爺必定要高發[5]的。」

賈政笑道：「這也是諸位過愛的意思。」

那王爾調又道：「晚生還有一句話，不揣冒昧，和老世翁商議。」

賈政道：「什麼事？」

王爾調陪笑道：「也是晚生的相與[6]，做過南韶道的張大老爺家有一位小姐，說是生得德容功貌俱全，此時尚未受聘。他又沒有兒子，家資巨萬。但是要富貴雙全的人家，女婿又要出眾，才肯作親。晚生來了兩個月，瞧著寶二爺的人品學業，都是必要大成的。老世翁這樣門楣，還有何說。若晚生過去，包管一說就成。」

賈政道：「寶玉說親卻也是年紀了，並且老太太常說起。但只

5.高發—指科舉考試合格被錄用。

6.相與—指交好的人。

張大老爺素來尚未深悉。」

詹光道：「王兄所提張家，晚生卻也知道。況和大老爺那邊是舊親，老世翁一問便知。」

賈政想了一回，道：「大老爺那邊不曾聽得這門親戚。」

詹光道：「老世翁原來不知，這張府上原和邢舅太爺那邊有親的。」

……賈政聽了，方知是邢夫人的親戚。坐了一回，進來了，便要同王夫人說知，轉問邢夫人去。誰知王夫人陪了薛姨媽到鳳姐那邊看巧姐兒去了。那天已經掌燈時候，薛姨媽去了，王夫人才過來了。賈政告訴了王爾調和詹光的話，又問巧姐兒怎麼了。王夫人道：「怕是驚風的光景。」

賈政道：「不甚利害呀？」

王夫人道：「看著是搐風[7]的來頭，只還沒搐出來呢。」賈政聽

7. **搐風**——驚風。小兒的一種病症，主要表現為手腳痙攣。

了，便不言語，各自安歇，一宿晚景不提。

……卻說次日邢夫人過賈母這邊來請安，王夫人便提起張家的事，一面回賈母，一面問邢夫人。邢夫人道：「張家雖係老親，但近年來久已不通音信，不知他家的姑娘是怎麼樣的。倒是前日孫親家太太打發老婆子來問安，卻說起張家的事，說他家有個姑娘，托孫親家那邊有對勁的提一提。聽見說只這一個女孩兒，十分嬌養，也識得幾個字，見不得大陣仗兒，常在房中不出來的。張大老爺又說，只有這一個女孩兒，不肯嫁出去，怕人家公婆嚴，姑娘受不得委曲，必要女婿過門贅在他家，給他料理些家事。」

賈母聽到這裡，不等說完便道：「這斷使不得。我們寶玉別人服侍他還不夠呢，倒給人家當家去。」邢夫人道：「正是老太太這個話。」

賈母因向王夫人道：「妳回來告訴妳老爺，就說我的話，這張家的親事是作不得的。」王夫人答應了。

賈母便問：「妳們昨日看巧姐兒怎麼樣？頭裡平兒來回我說很不大好，我也要過去看看呢。」邢王二夫人道：「老太太雖疼她，她那裡耽的住。」賈母道：「卻也不止為她，我也要走動走動，活活筋骨兒。」說著，便吩咐：「妳們吃飯去罷，回來同我過去。」邢王二夫人答應著出來，各自去了。

……一時吃了飯，都來陪賈母到鳳姐房中。鳳姐連忙出來接了進去。賈母便問巧姐兒到底怎麼樣。鳳姐兒道：「只怕是搐風的來頭。」賈母道：「這麼著還不請人趕著瞧！」

鳳姐道：「已經請去了。」賈母因同邢王二夫人進房來看，只見奶子抱著，用桃紅綾子小綿被兒裹著，臉皮發青，眉梢鼻翅微有動意。賈母同邢王二夫人看了看，便出外間坐下。

…正說間，只見一個小丫頭回鳳姐道：「老爺打發人問姐兒怎麼樣。」鳳姐道：「替我回老爺，就說請大夫去了。一會兒開了方子，就過去回老爺。」

賈母忽然想起張家的事來，向王夫人道：「妳該就去告訴妳老爺，省得人家去說了回來又駁回。」

又問邢夫人道：「妳們和張家，如今為什麼不走動了？」

邢夫人因又說：「論起那張家行事，也難和咱們作親，太嗇剋，沒的玷辱了寶玉。」

鳳姐聽了這話，已知八九，便問道：「太太不是說寶兄弟的親事？」

邢夫人道：「可不是麼。」賈母接著因把剛才的話告訴鳳姐。

鳳姐笑道：「不是我當著老祖宗太太們跟前說句大膽的話，現放著天配的姻緣，何用別處去找。」

賈母笑問道：「在那裡？」

鳳姐道：「一個『寶玉』，一個『金鎖』，老太太怎麼忘了？」
賈母笑了一笑，因說：「昨日妳姑媽在這裡，妳為什麼不提？」
鳳姐道：「祖宗和太太們在前頭，那裡有我們小孩子家說話的地方兒。況且姨媽過來瞧老祖宗，怎麼提這些個，這也得太太們過去求親才是。」
賈母笑了，邢王二夫人也都笑了。賈母因道：「可是我背晦[8]了。」

……說著，人回：「大夫來了。」賈母便坐在外間，邢王二夫人略避。那大夫同賈璉進來，給賈母請了安，方進房中。看了出來，站在地下躬身回賈母道：「妞兒一半是內熱，一半是驚風。須先用一劑發散風痰藥，還要用四神散才好，因病勢來得不輕。如今的牛黃都是假的，要找真牛黃方用得。」
賈母道了乏，那大夫同賈璉出去開了方子，去了。

8.**背晦**——亦作「背會」。腦筋糊塗，作事悖謬。多指老年人。

……鳳姐道：「人參家裡常有，這牛黃倒怕未必有，外頭買去，只是要真的才好。」

王夫人道：「等我打發人到姨太太那邊去找找。她家蟠兒是向與那些西客[9]們做買賣，或者有真的也未可知。我叫人去問問。」正說話間，眾姊妹都來瞧來了，坐了一回，也都跟著賈母等去了。

這裡煎了藥給巧姐兒灌了下去，只聽喀的一聲，連藥帶痰都吐出來，鳳姐才略放了一點兒心。只見王夫人那邊的小丫頭，拿著一點兒的小紅紙包兒說道：「二奶奶，牛黃有了。太太說了，叫二奶奶親自把分兩對準了呢。」

鳳姐答應著接過來，便叫平兒配齊了真珠、冰片、硃砂，快熬起來。自己用戥子[10]按方秤了，攙在裡面，等巧姐兒醒了好給她吃。

9. **西客**──此指專向西域一帶做生意的客商。

10. **戥（音等）子**──用以秤量微量物品的小型杆秤。最大單位以兩計，最小以厘計。

……只見賈環掀簾進來說：「二姐姐，妳們巧姐兒怎麼了？媽叫我來瞧瞧她。」

鳳姐見了他母子便嫌，說：「好些了。你回去說，叫你們姨娘想著。」

那賈環口裡答應，只管各處瞧看。看了一回，便問鳳姐兒道：「妳這裡聽的說有牛黃，不知牛黃是怎麼個樣兒，給我瞧瞧呢。」

鳳姐道：「你別在這裡鬧了，妞兒才好些。那牛黃都煎上了。」

賈環聽了，便去伸手拿那吊子[11]瞧時，豈知措手不及，沸的一聲，吊子倒了，火已潑滅了一半。賈環見不是事，自覺沒趣，連忙跑了。

鳳姐急的火星直爆，罵道：「真真那一世的對頭冤家！你何苦來還來使促狹！從前你媽要想害我，如今又來害妞兒。我和你幾輩子的仇呢！」一面罵平兒不照應。

11. 吊子——一種帶柄有嘴的小壺。

…正罵著，只見丫頭來找賈環。鳳姐道：「妳去告訴趙姨娘，說她操心也太苦了。巧姐兒死定了，不用她惦著了！」

平兒急忙在那裡配藥再熬，那丫頭摸不著頭腦，便悄悄問平兒道：「二奶奶為什麼生氣？」平兒將環哥弄倒藥吊子說了一遍。

丫頭道：「怪不得他不敢回來，躲了別處去了。這環哥兒明日還不知怎麼樣呢。平姐姐，我替妳收拾罷。」

平兒說：「這倒不消。幸虧牛黃還有一點，如今配好了，妳去罷。」

丫頭道：「我一準回去告訴趙姨奶奶，也省得他天天說嘴。」

…丫頭回去果然告訴了趙姨娘。趙姨娘氣的叫：「快找環兒！」

環兒在外間屋子裡躲著，被丫頭找了來。

趙姨娘便罵道：「你這個下作種子！你為什麼弄灑了人家的

藥，招的人家咒罵。我原叫你去問一聲，不用進去，你偏進去，又不就走，還要虎頭上捉虱子。你看我回了老爺，打你不打！」

……這裡趙姨娘正說著，只聽賈環在外間屋子裡更說出些驚心動魄的話來。未知何言，下回分解。

◎第八五回◎

賈存周報陞郎中任
薛文起復惹放流刑

……話說趙姨娘正在屋裡抱怨賈環，只聽賈環在外間屋裡發話道：「我不過弄倒了藥吊子，撒了一點子藥，那丫頭子又沒就死了，值的她也罵我，妳也罵我，賴我心壞，把我往死裡糟蹋。等著我明兒還要那小丫頭子的命呢！看妳們怎麼著！只叫她們提防著就是了。」

那趙姨娘趕忙從裡間出來，握住他的嘴說道：「你還只管信口胡唚，還叫人家先要了我的命呢！」娘兒兩個吵了一回。趙姨娘聽見鳳姐的話，越想越氣，也不著人來安慰鳳姐一聲兒。過了幾天，巧姐兒也好了。因此兩邊結怨，比從前更加一層了。

※……※……※……

……一日，林之孝進來回道：「今日是北靜郡王生日，請老爺的示下。」賈政吩咐道：「只按向年舊例辦了，回大老爺知道，送去就是了。」林之孝答應了，自去辦理。

不一時，賈赦過來同賈政商議，帶了賈珍，賈璉，寶玉去與北靜王拜壽。別人還不理論，惟有寶玉，素日仰慕北靜王的容貌威儀，巴不得常見才好，遂連忙換了衣服，跟著來到北府。

……賈赦、賈政遞了職名候諭。不多時，裡面出來了一個太監，手裡掐著數珠兒，見了賈赦賈政，笑嘻嘻的說道：「二位老爺好？」賈赦賈政也都趕忙問好。他兄弟三人也過來問了好。

那太監道：「王爺叫請進去呢。」於是爺兒五個跟著那太監進入府中，過了兩層門，轉過一層殿去，裡面方是內宮門。剛到門前，大家站住，那太監先進去回王爺去了，這裡門上小太監都迎著問了好。一時那太監出來，說了個「請」字，爺兒五個肅敬跟入。只見北靜郡王穿著禮服，已迎到殿門廊下。賈赦、賈政先上來請安，捱次便是珍、璉、寶玉請安。

……那北靜郡王單拉著寶玉道：「我久不見你，很惦記你。」因又笑問道：「你那塊玉兒好？」

寶玉躬著身打著一半千兒回道：「蒙王爺福庇，都好。」

北靜王道：「今日你來，沒有什麼好東西給你吃的，倒是大家說說話兒罷。」

說著，幾個老公打起簾子，北靜王說「請」，自己卻先進去，然後賈赦等都躬著身跟進去。先是賈赦請北靜王受禮，北靜王也說了兩句謙辭，那賈赦早已跪下，次及賈政等捱次行禮，自不必說。

……那賈赦等復肅敬退出，北靜王吩咐太監等，讓在眾戚舊一處，好生款待。卻單留寶玉在這裡說話兒，又賞了坐。寶玉又磕頭謝了恩，在挨門邊繡墩上側坐，說了一回讀書作文諸事。

北靜王甚加愛惜，又賞了茶，因說道：「昨兒巡撫吳大人來陛見[1]，說起令尊翁前任學政時，秉公辦事，凡屬生童[2]，俱心服之至。他陛見時，萬歲爺也曾問過，他也十分保舉，可知是令尊翁的喜兆。」

寶玉連忙站起，聽畢這一段話，才回啟道：「此是王爺的恩典，吳大人的盛情。」

……正說著，小太監進來回道：「外面諸位大人老爺都在前殿謝

1. 陛見——臣下謁見皇帝。

2. 生童——生員和童生。

王爺賞宴。」說著，呈上謝宴並請午安的帖子來。北靜王略看了一看，仍遞給小太監，笑了一笑說道：「知道了，勞動他們。」

…那小太監又回道：「這賈寶玉王爺單賞的飯預備了。」北靜王便命那太監帶了寶玉到一所極小巧精緻的院裡，派人陪著吃了飯，又過來謝了恩。

北靜王又說了些好話兒，忽然笑說道：「我前次見你那塊玉倒有趣兒，回來說了個式樣，叫他們也作了一塊來．今日你來得正好，就給你帶回去頑罷。」

因命小太監取來，親手遞給寶玉。寶玉接過來捧著，又謝了，然後退出。北靜王又命兩個小太監跟出來，才同著賈赦等回來了。

賈赦便各自回院裡去。

……這裡賈政帶著他三人回來見過賈母，請過了安，說了一回府裡遇見的人。寶玉又回了賈政吳大人陛見保舉的話。賈政道：「這吳大人本來咱們相好，也是我輩中人，還倒是有骨氣的。」又說了幾句閒話兒，賈母便叫：「歇著去罷。」賈政退出，珍、璉、寶玉都跟到門口。

……賈政道：「你們都回去陪老太太坐著去罷。」說著，便回房去。剛坐了一坐，只見一個小丫頭回道：「外面林之孝請老爺回話。」說著，遞上個紅單帖[3]來，寫著吳巡撫的名字。賈政知是來拜，便叫小丫頭叫林之孝進來。賈政出至廊檐下，林之孝進來回道：「今日巡撫吳大人來拜，奴才回了去了。再奴才還聽見說，現今工部出了一個郎中缺，外頭人和部裡都吵嚷是老爺擬正呢。」賈政道：「瞧罷咧。」林之孝又回了幾句話，才出去了。

3.單帖——舊時官場中所用不折疊的名帖。

……且說珍、璉、寶玉三人回去，獨有寶玉到賈母那邊，一面述說北靜王待他的光景，並拿出那塊玉來，大家看著笑了一回。

賈母因命人：「給他收起去罷，別丟了。」

因問：「你那塊玉好生帶著罷，別鬧混了。」

寶玉在項上摘了下來，說：「這不是我那一塊玉？那裡就掉了呢！比起來，兩塊玉差遠著呢，那裡混得過。我正要告訴老太太，前兒晚上我睡的時候把玉摘下來掛在帳子裡，它竟放起光來了，滿帳子都是紅的。」

賈母說道：「又胡說了，帳子的檐子是紅的，火光照著，自然紅是有的。」

寶玉道：「不是．那時候燈已滅了，屋裡都漆黑的了，還看得見它呢。」邢王二夫人抿著嘴笑。

鳳姐道：「這是喜信發動了。」

寶玉道：「什麼喜信？」

賈母道：「你不懂得。今兒個鬧了一天，你去歇歇兒去罷，別在這裡說呆話了。」寶玉又站了一回兒，才回園中去了。

……這裡賈母問道：「正是，妳們去看薛姨媽說起這事沒有？」

王夫人道：「本來就要去看的，因鳳丫頭為巧姐兒病著，耽擱了兩天，今日才去的。這事我們都告訴了，姨媽倒也十分願意，只說蟠兒這時侯不在家，目今他父親沒了，只得和他商量商量再辦。」

賈母道：「這也是情理的話，既這麼樣，大家先別提起，等姨太太那邊商量定了再說。」

……※……※……※……

……不說賈母處談論親事，且說寶玉回到自己房中，告訴襲人道：「老太太與鳳姐姐方才說話含含糊糊，不知是什麼意思。」

襲人想了想，笑了一笑，道：「這個我也猜不著．但只剛才說這些話時，林姑娘在跟前沒有？」

寶玉道：「林姑娘才病起來，這些時何曾到老太太那邊去呢。」

……正說著，只聽外間屋裡麝月與秋紋拌嘴。襲人道：「妳兩個又鬧什麼？」麝月道：「我們兩個鬪牌，她贏了我的錢她拿了去，她輸了錢就不肯拿出來。這也罷了，她倒把我的錢都搶了去了。」

寶玉笑道：「幾個錢什麼要緊，傻丫頭，不許鬧了。」說的兩個人都咕嘟著嘴坐著去了。這裡襲人打發寶玉睡下，不提。

……卻說襲人聽了寶玉方才的話，也明知是給寶玉提親的事。因恐寶玉每有癡想，這一提起不知又招出他多少呆話來，所以故作不知，自己心上卻也是頭一件關切的事。夜間躺著想了個主意，不如去見見紫鵑，看她有什麼動靜，自然就知道了。次日一早起來，打發寶玉上了學，自己梳洗了，便慢慢的去到瀟湘館來。

……只見紫鵑正在那裡掐花兒呢，見襲人進來，便笑嘻嘻的道：「姐姐屋裡坐著。」

襲人道：「坐著，妹妹掐花兒呢嗎？姑娘呢？」

紫鵑道：「姑娘才梳洗完了，等著溫藥呢。」紫鵑一面說著，一面同襲人進來。見了黛玉正在那裡拿著一本書看。

襲人陪著笑道：「姑娘清晨起來就看書，我們寶二爺念書，能像姑娘這樣，豈不好了呢！」黛玉笑著把書放下，雪雁已拿著個小茶盤托著一鍾藥，一鍾水，小丫頭在後面捧著痰盒漱盂進來。原來襲人來時要探探口氣，坐了一回，無處入話，又想著黛玉最是心多，探不成消息再惹著了她倒是不好，又坐了坐，搭訕著辭了出來了。

……將到怡紅院門口，只見兩個人在那裡站著呢。襲人不便往前走，那一個早看見了，連忙跑過來。襲人一看，卻是鋤藥，因問：「你作什麼？」鋤藥道：「剛才芸二爺來了，拿了個帖兒，說給咱們寶二爺瞧的，在這裡候信。」襲人道：「寶二爺天天上學，你難道不知道，還候什麼信呢。」鋤藥笑道：「我告訴他了，他叫告訴姑娘，聽姑娘的信呢。」

……襲人正要說話，只見那一個也慢慢的蹭了過來，細看時，就是賈芸，溜溜湫湫[4]往這邊來了。襲人見是賈芸，連忙向鋤藥道：「你告訴說知道了，回來給寶二爺瞧罷。」那賈芸原要過來和襲人說話，無非親近之意，又不敢造次，只

4. 溜溜湫湫——躲躲閃閃，輕手輕腳的樣子。

得慢慢踱來。相離不遠，不想襲人說出這話，自己也不好再往前走，只好站住這裡。襲人已掉背臉往回裡去了。賈芸只得快快而回，同鋤藥出去了。

……晚間寶玉回房，襲人便回道：「今日廊下小芸二爺來了。」

寶玉道：「作什麼？」

襲人道：「他還有個帖兒呢。」

寶玉道：「在那裡？拿來我看看。」麝月便走去在裡間屋裡書槅子上頭拿了來。寶玉接過看時，上面皮兒上寫著「叔父大人安稟」。

寶玉道：「這孩子怎麼又不認我作父親了？」

襲人道：「怎麼？」

寶玉道：「前年他送我白海棠時，稱我作父親大人。今日這帖子封皮上寫著叔父，可不是又不認了麼。」

……襲人道：「他也不害臊，你也不害臊。他那麼大了，倒認你這麼大兒的作父親，可不是他不害臊？你正經連個……」剛說到這裡，臉一紅，微微的一笑。寶玉也覺得了，便道：「這倒難講。俗語說：『和尚無兒，孝子多著呢。』只是我看著他還伶俐得人心兒，才這麼著，他不願意，我還不希罕呢。」說著，一面拆那帖兒。

襲人也笑道：「那小芸二爺也有些鬼鬼頭頭[5]的。什麼時候又要看人，什麼時侯又躲躲藏藏的，可知也是個心術不正的貨。」寶玉只顧拆開看那字兒，也不理會襲人這些話。

……襲人見他看那帖兒，皺一回眉，又笑一笑兒，又搖搖頭兒，後來光景竟大不耐煩起來。襲人等他看完了，問道：「是什麼事情？」寶玉也不答言，把那帖子已經撕作幾段，襲人見這般光景，也不便再問，便問寶玉吃了飯還看書不看。

5.**鬼鬼頭頭**——形容鬼頭鬼腦的樣子。

寶玉道：「可笑芸兒這孩子，竟這樣的混帳。」

襲人見他所答非所問，便微微的笑著問道：「到底是什麼事？」

寶玉道：「問他作什麼，咱們吃飯罷．吃了飯歇著罷，心裡鬧的怪煩的。」說著叫小丫頭子點了一個火兒來，把那撕的帖兒燒了。

……一時小丫頭們擺上飯來，寶玉只是怔怔的坐著，襲人連哄帶慪，催著吃了一口兒飯，便擱下了，仍是悶悶的歪在床上。

一時間，忽然掉下淚來。

此時襲人、麝月都摸不著頭腦，麝月道：「好好兒的，這又是為什麼？都是什麼芸兒鬧的，不知什麼事，弄了這麼個浪帖子來，惹的這麼傻了的似的，哭一會子，笑一會子。要天長日久鬧起這悶葫蘆來，可叫人怎麼受呢？」

說著，竟傷起心來。

……襲人旁邊由不得要笑，便勸道：「好妹妹，妳也別慪人了。他一個人就夠受了，妳又這麼著。他那帖子上的事難道與妳相干？」

麝月道：「妳混說起來了。知道他帖兒上寫的是什麼混帳話？妳混往人身上扯。要那麼說，他帖兒上只怕倒與妳相干呢！」

襲人還未答言，只聽寶玉在床上噗哧的一聲笑了，爬起來抖了抖衣裳，說：「咱們睡覺罷，別鬧了。明日我還起早念書呢。」說著便躺下睡了，一宿無話。

……次日，寶玉起來梳洗了，便往家塾裡去。走出院門，忽然想起，叫焙茗略等，急忙轉身回來叫：「麝月姐姐呢？」

麝月答應著出來問道：「怎麼又回來了？」寶玉道：「今日芸兒要來了，告訴他別在這裡鬧，再鬧，我就回老太太和老爺去了。」麝月答應了。

……寶玉才轉身去了。剛往外走著，只見賈芸慌慌張張往裡來，看見寶玉連忙請安，說：「叔叔大喜了！」那寶玉估量著是昨日那件事，便說道：「你也太冒失了，不管人心裡有事無事，只管來攪。」賈芸陪笑道：「叔叔不信，只管瞧去。人都來了，在咱們大門口呢！」寶玉越發急了，說：「這是那裡的話！」

……正說著，只聽外邊一片聲嚷起來。賈芸道：「叔叔聽，這不是？」寶玉越發心裡狐疑起來，只聽一個人嚷道：「你們這些人好沒規矩！這是什麼地方，你們在這裡混嚷！」

那人答道：「誰叫老爺陞了官呢！怎麼不叫我們來吵喜[6]呢？別人家盼著吵還不能呢。」

寶玉聽了，才知道是賈政陞了郎中了，人來報喜的，心中自是甚喜。連忙要走時，賈芸趕著說道：「叔叔樂不樂？叔叔的親事要再成了，不用說，是兩層喜了。」

寶玉紅了臉，啐了一口道：「呸！沒趣兒的東西！還不快走呢。」

賈芸把臉紅了道：「這有什麼的，我看你老人家就不……」

寶玉沉著臉道：「就不什麼？」賈芸未及說完，也不敢言語了。

……寶玉連忙來到家塾中，只見代儒笑著說道：「我才剛聽見你老爺陞了，你今日還來了麼？」

寶玉陪笑道：「過來見了太爺，好到老爺那邊去。」

代儒道：「今日不必來了，放你一天假罷。可不許回園子裡頑去。你年紀不小了，雖不能辦事，也當跟著你大哥他們學學

6. 吵喜——即道喜。

才是。」寶玉答應著回來。

剛走到二門口，只見李貴走來迎著，旁邊站住笑道：「二爺來了麼，奴才才要到學裡請去。」

寶玉笑道：「誰說的？」

李貴道：「老太太才打發人到院裡去找二爺，那邊的姑娘們說二爺學裡去了。剛才老太太打發人出來，叫奴才去給二爺告幾天假，聽說還要唱戲賀喜呢。二爺就來了。」說著，寶玉自己進去。

進了二門，只見滿院裡丫頭老婆都是笑容滿面，見他來了，笑道：「二爺這早晚才來，還不快進去給老太太道喜去呢。」

……寶玉笑著，進了房門，只見黛玉挨著賈母左邊坐著呢，右邊是湘雲，底下邢王二夫人，探春、惜春、李紈、鳳姐、李紋、李綺、邢岫煙一干姊妹都在屋裡，只不見寶釵、寶琴、迎春三人。

寶玉此時喜的無話可說，忙給賈母道了喜，又給邢、王二夫人道喜，一一見了眾姊妹，便向黛玉笑道：「妹妹身體可大好了？」

黛玉也微笑道：「大好了。聽見說二哥哥身上也欠安，好了麼？」

寶玉道：「可不是，我那日夜裡，忽然心裡疼起來，這幾天剛好些就上學去了，也沒能過去看妹妹。」黛玉不等他說完，早扭過頭和探春說話去了。

……鳳姐在地下站著笑道：「你兩個那裡像天天在一處的，倒像是客一般，有這些套話，可是人說的『相敬如賓』了。」說的大家一笑。

林黛玉滿臉飛紅，又不好說，又不好不說，遲了一回兒，才說道：「妳懂得什麼？」眾人越發笑了。

鳳姐一時回過味來，才知道自己出言冒失，正要拿話岔時，只見寶玉忽然向黛玉道：「林妹妹，妳瞧芸兒這種冒失鬼……」說了一句，方想起來，便不言語了。

招的大家又都笑起來，說：「這從那裡說起。」黛玉也摸不著頭腦，也跟著訕訕的笑。

……寶玉無可搭訕，因又說道：「可是剛才我聽見有人要送戲，說是幾兒？」大家都瞅著他笑。鳳姐兒道：「你在外頭聽見，你來告訴我們，你這會子問誰呢？」

寶玉得便說道：「我外頭再去問問去。」

賈母道：「別跑到外頭去，頭一件看報喜的笑話，第二件你老子今日大喜，回來碰見你，又該生氣了。」

寶玉答應了個「是」，才出來了。

…這裡賈母因問鳳姐：「誰說送戲的話？」

鳳姐道：「說是舅太爺那邊說，後兒日子好，送一班新出的小戲兒給老太太、老爺、太太賀喜。」

因又笑著說道：「不但日子好，還是好日子呢。」說著這話，卻瞅著黛玉笑。黛玉也微笑。

王夫人因道：「可是呢，後日還是外甥女兒的好日子呢。」

賈母想了一想，也笑道：「可見我如今老了，什麼事都糊塗了。虧了有我這鳳丫頭，是我個『給事中』[7]。既這麼著，很好，他舅舅家給他們賀喜，妳舅舅家就給妳做生日，豈不好呢。」

說的大家都笑起來，說道：「老祖宗說句話兒都是上篇上論的，怎麼怨得有這麼大福氣呢。」說著，寶玉進來，聽見這些話，越發樂的手舞足蹈了。一時，大家都在賈母這邊吃飯，其熱鬧自不必說。

7. **給事中**——官名。輔助皇帝處理政務，並監察六部，糾彈官吏。

……飯後，那賈政謝恩回來，給宗祠裡磕了頭，便來給賈母磕頭，站著說了幾句話，便出去拜客去了。這裡接連著親戚族中的人來來去去，鬧鬧嚷嚷，車馬填門，貂蟬滿座，真是：

花到正開蜂蝶鬧，月逢十足海天寬。

……如此兩日，已是慶賀之期。這日一早，王子騰和親戚家已送過一班戲來，就在賈母正廳前搭起行臺。外頭爺們都穿著公服陪侍。親戚來賀的，約有十餘桌酒。裡面為著是新戲，又見賈母高興，便將琉璃屏隔在後廈，裡面也擺下酒席。上首薛姨媽一桌，是王夫人、寶琴陪著，對面老太太一桌，是邢夫人、岫煙陪著，下面尚空兩桌，賈母叫他們快來。

……一回兒只見鳳姐領著眾丫頭，都簇擁著林黛玉來了。黛玉略換了幾件新鮮衣服，打扮得宛如嫦娥下界，含羞帶笑的出來，見了眾人。湘雲、李紋、李紈都讓她上首座，黛玉只是不肯。

賈母笑道：「今日妳坐了罷。」

薛姨媽站起來問道：「今日林姑娘也有喜事麼？」

賈母笑道：「是她的生日。」

薛姨媽道：「咳，我倒忘了。」走過來說道：「恕我健忘，回來叫寶琴過來拜姐姐的壽。」黛玉笑說不敢，大家坐了。

……那黛玉留神一看，獨不見寶釵，便問道：「寶姐姐可好麼？為什麼不過來？」

薛姨媽道：「她原該來的，只因無人看家，所以不來。」

黛玉紅著臉微笑道：「姨媽那裡又添了大嫂子，怎麼倒用寶姐姐看起家來？大約是她怕人多熱鬧，懶怠來罷．我倒怪想她的。」

薛姨媽笑道：「得妳惦記她，她也常想妳們姊妹們，過一天我叫她來大家敍敍。」

……說著，丫頭們下來斟酒上菜，外面已開戲了。出場自然是一二齣吉慶戲文，乃至第三齣，只見金童玉女，旗幡寶幢，引著一個霓裳羽衣的小旦，頭上披著一條黑帕，唱了一回兒進去了。

眾皆不識，聽見外面人說：「這是新打的《蕊珠記》裡的《冥升》，小旦扮的是嫦娥，前因墮落人寰，幾乎給人為配，幸虧觀音點化，她就未嫁而逝，此時升引月宮，不聽曲裡頭唱的『人間只道風情好，那知道秋月春花容易拋？幾乎不把廣寒宮忘卻了！』」

第四齣是《吃糠》，第五齣是達摩帶著徒弟過江回去，正扮出些海市蜃樓，好不熱鬧。

……※……※……※……

……眾人正在高興時，忽見薛家的人滿頭汗闖進來，向薛蝌說道：「二爺快回去，並裡頭回明太太也請速回去，家中有要事。」

薛蝌道：「什麼事？」

家人道：「家去說罷。」薛蝌也不及告辭就走了。

薛姨媽見裡頭丫頭傳進話去，更駭得面如土色，即忙起身，帶著寶琴，別了一聲，即刻上車回去了。弄得內外愕然。

賈母道：「咱們這裡打發人跟過去聽聽，到底是什麼事？大家都關切的。」眾人答應了個「是」。

……不說賈府依舊唱戲，單說薛姨媽回去，只見有兩個衙役站在二門口，幾個當鋪裡伙計陪著，說：「太太回來自有道理。」

正說著，薛姨媽已進來了。那衙役們見跟從著許多男婦，簇擁著一位老太太，便知是薛蟠之母。看見這個勢派，也不敢怎麼，只得垂手侍立，讓薛姨媽進去了。

……那薛姨媽走到廳房後面，早聽見有人大哭，卻是金桂。薛姨媽趕忙走來，只見寶釵迎出來，滿面淚痕，見了薛姨媽，便道：「媽媽聽了先別著急，辦事要緊。」

薛姨媽同著寶釵進了屋子，因為頭裡進門時，已經走著聽見家人說了，嚇的戰戰兢兢的了，一面哭著，因問：「到底是和誰？」

只見家人回道：「太太此時且不必問那些底細，憑他是誰，打死了總是要償命的，且商量怎麼辦才好。」

…薛姨媽哭著出來道：「還有什麼商議？」家人道：「依小的們的主見，今夜打點銀兩同著二爺趕去和大爺見了面，就在那裡訪一個有斟酌的刀筆先生，許他些銀子，先把死罪撕擄開。回來再求賈府去上司衙門說情．還有外面的衙役，太太先拿出幾兩銀子來打發了他們，好趕著辦事。」

薛姨媽道：「你們找著那家子，許他發送銀子，再給他些養濟銀子，原告不追，事情就緩了。」

…寶釵在簾內說道：「媽媽使不得．這些事越給錢越鬧的凶，倒是剛才小廝說的話是。」

薛姨媽又哭道：「我也不要命了，趕到那裡見他一面，同他死在一處就完了。」

寶釵急的一面勸，一面在簾子裡叫人：「快同二爺辦去罷！」

丫頭們攙進薛姨媽來。

薛蝌才往外走，寶釵道：「有什麼信，打發人即刻寄了來，你們只管在外頭照料。」薛蝌答應著去了。

……這寶釵方勸薛姨媽，那裡金桂趁空兒抓住香菱，又和她嚷道：「平常妳們只管誇他們家裡打死了人一點事也沒有，就進京來了的。如今攛掇[8]的真打死人了。「平日裡只講有錢有勢有好親戚，這時侯我看著也是唬的慌手慌腳的了。大爺明兒有個好歹兒不能回來時，妳們各自幹妳們的去了，撂下我一個人受罪！」說著，又大哭起來。這裡薛姨媽聽見，越發氣的發昏。寶釵急的沒法。

……正鬧著，只見賈府中王夫人早打發大丫頭過來打聽來了。寶釵雖心知自己是賈府的人了，一則尚未提明，二則事急之時，只得向那大丫頭道：「此時事情頭尾尚未明白，就只聽

8. 攛掇——煽動，慫恿。

見說我哥哥在外頭打死了人，被縣裡拿了去了，也不知怎麼定罪呢。

「剛才二爺才去打聽去了，一半日得了準信，趕著就給那邊太太送信去。你先回去道謝太太惦記著，底下我們還有多少仰仗那邊爺們的地方。」那丫頭答應著去了。

……薛姨媽和寶釵在家抓摸不著，過了兩日只見小廝回來，拿了一封書交給小丫頭拿進來．寶釵拆開看時，書內寫著：「大哥人命是誤傷，不是故殺。今早用蝌出名，補了一張呈紙進去，尚未批出。

「大哥前頭口供甚是不好，待此紙批准後，再錄一堂[9]，能夠翻供得好，便可得生了。快向當鋪內再取銀五百兩來使用，千萬莫遲。並請太太放心，餘事問小廝。」

9.再錄一堂——對案件的重審。堂，過堂、審訊。

……寶釵看了，一一念給薛姨媽聽了。薛姨媽拭著眼淚說道：「這麼看起來，竟是死活不定了。」

寶釵道：「媽媽先別傷心，等著叫進小廝來問明了再說。」一面打發小丫頭把小廝叫進來。

薛姨媽便問小廝道：「你把大爺的事，細細說與我聽聽。」

小廝道：「我於那天晚上，聽見大爺和二爺說的，把我唬糊塗了。」

……未知小廝說出什麼話來，下回分解。

◎第八六回◎

受私賄老官翻案牘
寄閒情淑女解琴書

……話說薛姨媽聽了薛蝌的來書，因叫進小廝問道：「你聽見你大爺說，到底是怎麼就把人打死了呢？」

小廝道：「小的也沒聽真切。那一日大爺告訴二爺說……」說著，回頭看了一看，見無人，才說道：「大爺說自從家裡鬧的忒利害，大爺也沒心腸了，所以要到南邊置貨去。

「這日想著約一個人同行，這人在咱們這城南二百多地住。大爺找他去了，遇見在先和大爺好的那個蔣玉菡帶著些小戲子進城。大爺同他在個舖子裡吃飯喝酒，因為這當槽兒的[1]盡著拿眼瞟蔣玉菡，大爺就有了氣了。

「後來蔣玉菡走了。第二天，大爺就請找的那個人喝酒，酒後想起頭一天的事來，叫那當槽兒的換酒，那當槽兒的來遲了，大爺就罵起來了。那個人不依，大爺就拿起酒碗照他打去。

「誰知那個人也是個潑皮[2]，便把頭伸過來叫大爺打。大爺拿碗就砸他的腦袋一下，他就冒了血了，躺在地下，頭裡還罵，後頭就不言語了。」

薛姨媽道：「怎麼也沒人勸勸嗎？」

那小廝道：「這個沒聽見大爺說，小的不敢妄言。」

薛姨媽道：「你先去歇歇罷。」小廝答應出來。

……這裡薛姨媽自來見王夫人，托王夫人轉求賈政。賈政問了前後，也只好含糊應了，只說等薛蝌遞了呈子，看他本縣怎麼批了再作道理。

1. **當槽兒的**——舊稱酒店、飯館中的伙計。

2. **潑皮**——流氓，無賴。

……這裡薛姨媽又在當舖裡兌了銀子，叫小廝趕著去了。三日後果有回信。薛姨媽接著了，即叫小丫頭告訴寶釵，連忙過來看了。只見書上寫道：

帶去銀兩做了衙門上下使費。哥哥在監也不大吃苦，請太太放心。獨是這裡的人很刁，屍親見證都不依，連哥哥請的那個朋友也幫著他們。我與李祥兩個，俱係生地生人，幸找著一個好先生，許他銀子，才討個主意，說是須得拉扯著同哥哥喝酒的吳良，弄人保出他來，許他銀兩，叫他撕擄。他若不依，便說張三是他打死，明推在異鄉人身上，他吃不住，就好辦了。我依著他，果然吳良出來。現在買囑屍親見證，又做了一張呈子。前日遞的，今日批來，請看呈底便知。

因又念呈底道：

具呈人某，呈為兄遭飛禍代伸冤抑事。竊生胞兄薛蟠，本籍南京，寄寓西京。於某年月日備本往南貿易。去未數日，家奴送信回家，說遭人命。生即奔憲治[3]，知兄誤傷張姓，及至囹圄。據兄泣告，實與張姓素不相認，並無仇隙。偶因換酒角口，生兄將酒潑地，恰值張三低頭拾物，一時失手，酒碗誤碰囟門身死。蒙恩拘訊，兄懼受刑，承認鬥毆致死。仰蒙憲天仁慈，知有冤抑，尚未定案。生兄在禁，具呈訴辯，有乾例禁。生念手足，冒死代呈，伏乞憲慈恩准，提證質訊，開恩莫大。生等舉家仰戴鴻仁，永永[4]無既矣。激切上呈。

批的是：

屍場檢驗，證據確鑿。且並未用刑，爾兄自認鬥殺，招供在案。今爾遠來，並非目睹，何得捏詞妄控。理應治罪，姑念為兄情切，且恕。不准。

3. 憲治——此指縣衙門。憲，舊時對上官的尊稱。

4. 永永——長遠，長久。

薛姨媽聽到那裡，說道：「這不是救不過來了麽。這怎麽好呢！」寶釵道：「二哥的書還沒看完，後面還有呢。」因又念道：「有要緊的問來使便知。」

薛姨媽便問來人，因說道：「縣裡早知我們的家當充足，須得在京裡謀幹得大情，再送一分大禮，還可以復審，從輕定案。太太此時必得快辦，再遲了就怕大爺要受苦了。」

……薛姨媽聽了，叫小廝自去，即刻又到賈府與王夫人說明原故，懇求賈政。賈政只肯托人與知縣說情，不肯提及銀物。薛姨媽恐不中用，求鳳姐與賈璉說了，花上幾千銀子，才把知縣買通。薛蝌那裡也便弄通了。

……然後知縣掛牌坐堂，傳齊了一干鄰保證見屍親人等，監裡提出薛蟠。刑房書吏俱一一點名。知縣便叫地保對明初供，又叫屍親張王氏並屍叔張二問話。

張王氏哭稟道：「小的的男人是張大，南鄉裡住，十八年前死了。大兒子二兒子也都死了，光留下這個死的兒子叫張三，今年二十三歲，還沒有娶女人呢。為小人家裡窮，沒得養活，在李家店裡做當槽兒的。

「那一天晌午，李家店裡打發人來叫俺，說：『妳兒子叫人打死了。』我的青天老爺，小的就唬死了。跑到那裡，看見我兒子頭破血出的躺在地下喘氣兒，問他話也說不出來，不多一會兒就死了。小人就要揪住這個小雜種拚命。」

眾衙役吆喝一聲。張王氏便磕頭道：「求青天老爺伸冤，小人就只這一個兒子了。」知縣便叫下去，又叫李家店的人問道：

「那張三是你店內傭工的麼？」

那李二回道：「不是傭工，是做當槽兒的。」

知縣道：「那日屍場上你說張三是薛蟠將碗砸死的，你親眼見的麼。」李二說道：「小的在櫃上，聽見說客房裡要酒。不多一回，便聽見說『不好了，打傷了。』小的跑進去，只見張三躺在地下，也不能言語。小的便喊稟地保[5]，一面報他母親去了。他們到底怎樣打的，實在不知道，求太爺問那喝酒的便知道了。」

知縣喝道：「初審口供，你是親見的，怎麼如今說沒有見？」

李二道：「小的前日唬昏了亂說。」衙役又吆喝了一聲。

……知縣便叫吳良問道：「你是同在一處喝酒的麼？薛蟠怎麼打的，據實供來。」

吳良說：「小的那日在家，這個薛大爺叫我喝酒。他嫌酒不好要換，張三不肯。薛大爺生氣把酒向他臉上潑去，不曉得怎麼樣就碰在那腦袋上了。這是親眼見的。」

知縣道：「胡說。前日屍場上薛蟠自己認拿碗砸死的，你說你

5. 地保——清代及民國初年地方上替官府辦差的人。大約相當於秦漢時的亭長、隋唐的里正、宋的保正。

親眼見的，怎麼今日的供不對？掌嘴。」

衙役答應著要打，吳良求著說：「薛蟠實沒有與張三打架，酒碗失手碰在腦袋上的。求老爺問薛蟠便是恩典了。」

……知縣叫提薛蟠，問道：「你與張三到底有什麼仇隙？畢竟是如何死的，實供上來。」

薛蟠道：「求太老爺開恩，小的實沒有打他。為他不肯換酒，故拿酒潑他，不想一時失手，酒碗誤碰在他的腦袋上。小的即忙掩他的血，那裡知道再掩不住，血淌多了，過一回就死了。前日屍場上怕太老爺要打，所以說是拿碗砸他的。只求太爺開恩。」

知縣便喝道：「好個糊塗東西！本縣問你怎麼砸他的，你便供說惱他不換酒才砸的，今日又供是失手碰的。」知縣假作聲勢，要打要夾，薛蟠一口咬定。

…知縣叫仵作[6]將前日屍場填寫傷痕據實報來。仵作稟報說：「前日驗得張三尸身無傷，惟囟門有磁器傷長一寸七分，深五分，皮開，囟門骨脆裂破三分。實係磕碰傷。」知縣查對屍格[7]相符，早知書吏改輕，也不駁詰，胡亂便叫畫供。

…張王氏哭喊道：「青天老爺！前日聽見還有多少傷，怎麼今日都沒有了？」

知縣道：「這婦人胡說，現有屍格，妳不知道麼。」叫屍叔張二便問道：「你姪兒身死，你知道有幾處傷？」張二忙供道：「腦袋上一傷。」知縣道：「可又來。」叫書吏將屍格給張王氏瞧去，並叫地保屍叔指明與她瞧，現有屍場親押證見俱供並未打架，不為鬥毆。只依誤傷吩咐畫供。將薛蟠監禁候詳，餘令原保領出，退堂。

張王氏哭著亂嚷，知縣叫眾衙役攆他出去。張二也勸張王氏道：

6.仵作—舊時官府中件驗死傷的差役。亦稱以代人殮葬為業的人。

7.屍格—又名屍單，驗屍時填寫屍體狀況的表格。

「實在誤傷，怎麼賴人。現在太老爺斷明，不要胡鬧了。」

……薛蝌在外打聽明白，心內喜歡，便差人回家送信。等批詳回來，便好打點贖罪，且住著等信。只聽路上三三兩兩傳說，有個貴妃薨了，皇上輟朝三日。這裡離陵寢[8]不遠，知縣辦差墊道，一時料著不得閒，住在這裡無益，不如到監告訴哥哥安心等著，「我回家去，過幾日再來。」

8. 陵寢——皇家的陵墓寢廟。

薛蟠也怕母親痛苦，帶信說：「我無事，必須衙門再使費幾次，便可回家了。只是不要吝惜銀錢。」薛蝌留下李祥在此照料，一逕回家，見了薛姨媽，陳說知縣怎樣徇情，怎樣審斷，終定了誤傷，將來屍親那裡再花些銀子，一准贖罪，便沒事了。

薛姨媽聽說，暫且放心，說：「正盼你來家中照應。賈府裡本該謝去，況且周貴妃薨了，他們天天進去，家裡空落落的。

我想著要去替姨太太那邊照應照應，作伴兒，只是咱們家又沒人。你這來的正好。」

薛蝌道：「我在外頭原聽見說是賈妃薨了，這麼才趕回來的。我們元妃好好兒的，怎麼說死了？」

……薛姨媽道：「上年原病過一次，也就好了。這回又沒聽見元妃有什麼病。只聞那府裡頭幾天老太太不大受用，合上眼便看見元妃娘娘。眾人都不放心，直至打聽起來，又沒有什麼事。

「到了大前兒晚上，老太太親口說是『怎麼元妃獨自一個人到我這裡？』眾人只道是病中想的話，總不信。老太太又說：『你們不信，元妃還與我說是榮華易盡，須要退步抽身。』眾人都說：『誰不想到？這是有年紀的人思前想後的心事。』所以也不當件事。

「恰好第二天早起，裡頭吵嚷出來說娘娘病重，宣各誥命進去請安。他們就驚疑的了不得，趕著進去。他們還沒有出來，我們家裡已聽見周貴妃薨逝了。你想外頭的訛言，家裡的疑心，恰碰在一處，可奇不奇！」

……寶釵道：「不但是外頭的訛言舛錯，便在家裡的，一聽見『娘娘』兩個字，也就都忙了，過後才明白。這兩天那府裡這些丫頭婆子來說，她們早知道不是咱們家的娘娘。我說：『妳們那裡拿得定呢？』她說道：『前幾年正月，外省薦了一個算命的，說是很準。那老太太叫人將元妃八字夾在丫頭們八字裡頭，送出去叫他推算。他獨說這正月初一日生日的那位姑娘只怕時辰錯了，不然真是個貴人，也不能在這府中。

「老爺和眾人說，不管他錯不錯，照八字算去。那先生便說，甲申年正月丙寅這四個字內有傷官敗財，惟申字內有正官祿馬，這就是家裡養不住的，也不見什麼好。這日子是乙卯，初春木旺，雖是比肩，那裡知道愈比愈好，就像那個好木料，愈經斫削，才成大器。獨喜得時上什麼辛金為貴，什麼巳中正官祿馬獨旺，這叫作飛天祿馬格。又說什麼日祿歸時，貴重的很，天月二德坐本命，貴受椒房之寵。這位姑娘若是時辰準了，定是一位主子娘娘。這不是算準了麼！「我們還記得說，可惜榮華不久，只怕遇著寅年卯月，這就是比而又比，劫而又劫，譬如好木，太要做玲瓏剔透，本質就不堅了。他們把這些話都忘記了，只管瞎忙。我才想起來告訴我們大奶奶，今年那裡是寅年卯月呢。』」

……寶釵尚未說完，薛蝌急道：「且不要管人家的事，既有這樣個神仙算命的，我想哥哥今年什麼惡星照命，遭這麼橫禍，快開八字與我給他算去，看有妨礙麼。」

寶釵道：「他是外省來的，不知如今在京不在了。」說著，便打點薛姨媽往賈府去。

……到了那裡，只有李紈、探春等在家接著，便問道：「大爺的事怎麼樣了？」

薛姨媽道：「等詳上司才定，看來也到不了死罪了。」這才大家放心。

探春便道：「昨晚太太想著說，上回家裡有事，全仗姨太太照應，如今自己有事，也難提了。心裡只是不放心。」

薛姨媽道：「我在家裡也是難過。只是妳大哥遭了事，妳二兄弟又辦事去了，家裡妳姐姐一個人，中什麼用？況且我們媳婦兒又是個不大曉事的，所以不能脫身過來。目今那裡知縣也正為預備周貴妃的差事，不得了結案件，所以妳二兄弟回來了，我才得過來看看。」

……李紈便道：「請姨太太這裡住幾天更好。」

薛姨媽點頭道：「我也要在這邊給妳們姊妹們作作伴兒，就只妳寶妹妹冷靜些。」

惜春道：「姨媽要惦著，為什麼不把寶姐姐也請過來？」

薛姨媽笑著說道：「使不得。」

惜春道：「怎麼使不得？她先怎麼住著來呢？」

李紈道：「妳不懂的，人家家裡如今有事，怎麼來呢。」惜春也信以為實，不便再問。

……正說著，賈母等回來。見了薛姨媽，也顧不得問好，便問薛蟠的事。薛姨媽細述了一遍。寶玉在旁聽見什麼蔣玉菡一段，當著眾人不問，心裡打量是：「他既回了京，怎麼不來瞧我？」又見寶釵也不過來，不知是怎麼個原故。心內正自呆呆的想呢，恰好黛玉也來請安。寶玉稍覺心裡喜歡，便把想寶釵來的念頭打斷，同著姊妹們在老太太那裡吃了晚飯。大家散了，薛姨媽將就住在老太太的套間屋裡。

……寶玉回到自己房中，換了衣服，忽然想起蔣玉菡給的汗巾，便向襲人道：「妳那一年沒有繫的那條紅汗巾子還有沒有？」

襲人道：「我擱著呢。問它做什麼？」

寶玉道：「我白問問。」

襲人道：「你沒有聽見，薛大爺相與這些混帳人，所以鬧到人命關天。你還提那些作什麼？有這樣白操心，倒不如靜靜兒的念念書，把這些個沒要緊的事撂開了也好。」

寶玉道：「我並不鬧什麼，偶然想起，有也罷，沒也罷，我白問一聲，妳們就有這些話。」

……襲人笑道：「並不是我多話。一個人知書達理，就該往上巴結才是。就是心愛的人來了，也叫她瞧著喜歡尊敬啊。」
寶玉被襲人一提，便說：「了不得，方才我在老太太那邊，看見人多，沒有與林妹妹說話。她也不曾理我，散的時候她先走了，此時必在屋裡。我去就來。」說著就走。
襲人道：「快些回來罷，這都是我提頭兒，倒招起你的高興來了。」

……寶玉也不答言，低著頭，一逕走到瀟湘館來。只見黛玉靠在桌上看書。寶玉走到跟前，笑說道：「妹妹早回來了。」
黛玉也笑道：「你不理我，我還在那裡做什麼！」
寶玉一面笑說：「她們人多說話，我插不下嘴去，所以沒有和妳說話。」一面瞧著黛玉看的那本書。
書上的字一個也不認得，有的像「芍」字，有的像「茫」字，也有一個「大」字旁邊「九」字加上一勾，中間又添個「五」

字，也有上頭「五」字「六」字又添一個「木」字，底下又是一個「五」字，看著又奇怪，又納悶，便說：「妹妹近日愈發進了，看起天書來了。」

黛玉嗤的一聲笑道：「好個念書的人，連個琴譜都沒有見過。」

寶玉道：「琴譜怎麼不知道，為什麼上頭的字一個也不認得。妹妹妳認得麼？」

黛玉道：「不認得瞧它做什麼？」

寶玉道：「我不信，從沒有聽見妳會撫琴。我們書房裡掛著好幾張，前年來了一個清客先生叫做什麼嵇好古，老爺煩他撫了一曲。他取下琴來說，都使不得，還說：『老先生若高興，改日攜琴來請教。』想是我們老爺也不懂，他便不來了。怎麼妳有本事藏著？」

……黛玉道：「我何嘗真會呢。前日身上略覺舒服，在大書架上翻書，看有一套琴譜，甚有雅趣，上頭講的琴理甚通，手法說的也明白，真是古人靜心養性的工夫。我在揚州也聽得講究過，也曾學過，只是不弄了，就沒有了。這果真是『三日不彈，手生荊棘。』

「前日看這幾篇沒有曲文，只有操名。我又到別處找了一本有曲文的來看著，才有意思。究竟怎麼彈得好，實在也難。書上說的師曠鼓琴能來風雷龍鳳；孔聖人尚學琴於師襄，一操便知其為文王；高山流水，得遇知音。」說到這裡，眼皮兒微微一動，慢慢的低下頭去。

……寶玉正聽得高興，便道：「好妹妹，妳才說的實在有趣，只是我才見上頭的字都不認得，妳教我幾個呢。」

黛玉道：「不用教的，一說便可以知道的。」

寶玉道：「我是個糊塗人，得教我那個『大』字加一勾，中間一個『五』字的。」

黛玉笑道：「這『大』字『九』字是用左手大拇指按琴上的九徽，這一勾加『五』字是右手鉤五弦。並不是一個字，乃是一聲，是極容易的。還有吟、揉、綽、注、撞、走、飛、推等法，是講究手法的。」

寶玉樂得手舞足蹈的說：「好妹妹，妳既明琴理，我們何不學起來。」

……黛玉道：「琴者，禁也。古人制下，原以治身，涵養性情，抑其淫蕩，去其奢侈。若要撫琴，必擇靜室高齋，或在層樓的上頭，在林石的裡面，或是山巔上，或是水涯上。再遇著那天地清和的時候，風清月朗，焚香靜坐，心不外想，氣血和平，才能與神合靈，與道合妙。

「所以古人說『知音難遇』。若無知音，寧可獨對著那清風明月，蒼松怪石，野猿老鶴，撫弄一番，以寄興趣，方為不負了這琴。還有一層，又要指法好，取音好。

「若必要撫琴，先須衣冠整齊，或鶴氅，或深衣，要如古人的儀表，那才能稱聖人之器，然後盥了手，焚上香，方才將身就在榻邊，把琴放在案上，坐在第五徽的地方兒，對著自己的當心，兩手方從容抬起，這才心身俱正。還要知道輕重疾徐，卷舒自若，體態尊重方好。」

寶玉道：「我們學著頑，若這麼講究起來，那就難了。」

⋯⋯兩個人正說著，只見紫鵑進來，看見寶玉笑說道：「寶二爺，今日這樣高興。」

寶玉笑道：「聽見妹妹講究的叫人頓開茅塞，所以越聽越愛聽。」

紫鵑道：「不是這個高興，說的是二爺到我們這邊來的話。」

寶玉道：「先時妹妹身上不舒服，我怕鬧的她煩。再者我又上學，因此顯著就疏遠了似的。」

紫鵑不等說完，便道：「姑娘也是才好，二爺既這麼說，坐坐也該讓姑娘歇歇兒了，別叫姑娘只是講究勞神了。」

寶玉笑道：「可是我只顧愛聽，也就忘了妹妹勞神了。」

黛玉笑道：「說這些倒也開心，也沒有什麼勞神的。只是怕我只管說，你只管不懂呢。」

寶玉道：「橫豎慢慢的自然明白了。」

說著，便站起來道：「當真的妹妹歇歇兒罷。明兒我告訴三妹妹和四妹妹去，叫她們都學起來，讓我聽。」

黛玉笑道：「你也太受用了。即如大家學會了撫起來，你不懂，可不是對……」黛玉說到那裡，想起心上的事，便縮住口，不肯往下說了。

寶玉便笑道：「只要妳們能彈，我便愛聽，也不管牛不牛的了。」黛玉紅了臉一笑，紫鵑、雪雁也都笑了。

……於是走出門來，只見秋紋帶著小丫頭捧著一小盆蘭花來說：「太太那邊有人送了四盆蘭花來，因裡頭有事，沒有空兒頑他，叫給二爺一盆，林姑娘一盆。」黛玉看時，卻有幾枝雙朵兒的，心中忽然一動，也不知是喜是悲，便呆呆的呆看。那寶玉此時卻一心只在琴上，便說：「妹妹有了蘭花，就可以做《猗蘭操》[9]了。」黛玉聽了，心裡反不舒服。

回到房中，看著花，想到：「草木當春，花鮮葉茂，想我年紀尚小，便像三秋蒲柳。若是果能隨願，或者漸漸的好來，不然，只恐似那花柳殘春，怎禁得風催雨送。」想到那裡，不禁又滴下淚來。

9. 猗蘭操──古琴曲名。多抒生不逢時、懷才不遇之情。

……紫鵑在旁看見這般光景，卻想不出原故來。方才寶玉在這裡那麼高興，如今好好的看花，怎麼又傷起心來。正愁著沒法兒解，只見寶釵那邊打發人來。未知何事，下回分解。

◎第八七回◎

感深秋撫琴悲往事
坐禪寂走火入邪魔

……卻說黛玉叫進寶釵家的女人來，問了好，呈上書子。黛玉叫她去喝茶，便將寶釵來書打開看時，只見上面寫著：

妹生辰不偶，家運多艱，姊妹伶仃，萱親衰邁。兼之猇聲狺語[1]，旦暮無休。更遭慘禍飛災，不啻驚風密雨。夜深輾側，愁緒何堪。屬在同心[2]，能不為之愍惻乎？回憶海棠結社，序屬清秋，對菊持螯，同盟歡洽。猶記「孤標傲世偕誰隱，一樣花開為底遲」之句，未嘗不嘆冷節遺芳[3]，如吾兩人也。感懷觸緒，聊賦四章，匪曰無故呻吟，亦長歌當哭之意耳。

悲時序之遞嬗兮，又屬清秋。
感遭家之不造兮，獨處離愁。
北堂有萱兮，何以忘憂？無以解憂兮，我心咻咻。《一解》
雲憑憑兮秋風酸，步中庭兮霜葉乾。
何去何從兮，失我故歡。靜言思之兮惻肺肝！《二解》
惟鮪有潭兮，惟鶴有梁。鱗甲潛伏兮，羽毛何長！
搔首問兮茫茫，高天厚地兮，誰知予之永傷。《三解》
銀河耿耿兮寒氣侵，月色橫斜兮玉漏沉。
憂心炳炳兮，發我哀吟，吟復吟兮寄我知音。《四解》

黛玉看了，不勝傷感。又想：「寶姐姐不寄與別人，單寄與我，也是惺惺惜惺惺的意思。」正在沉吟，只聽見外面有人說道：「林姐姐在家裡呢麼？」

黛玉一面把寶釵的書疊起，口內便答應道：「是誰？」

1. 虓（音消）聲狺（音銀）語——形容惡聲叫罵。
2. 屬在同心——相互知心，關係密切。
3. 冷節遺芳——以菊的品格自喻。

…正問著，只見幾個人進來，卻是探春、湘雲、李紋、李綺。彼此問了好，雪雁倒上茶來，大家喝了，說些閒話。因想起前年的菊花詩來，黛玉便道：「寶姐姐自從挪出去，來了兩遭，如今索性有事也不來了，真真奇怪。我看她終久還來我們這裡不來。」

探春微笑道：「怎麼不來，橫豎要來的。如今是她們尊嫂有些脾氣，姨媽上了年紀的人，又兼有薛大哥的事，自然得寶姐姐照料一切，那裡還比得先前有工夫呢。」

…正說著，忽聽得忽喇喇一片風聲，吹了好些落葉，打在窗紙上。停了一回兒，又透過一陣清香來。

眾人聞著，都說道：「這是何處來的香風？這像什麼香？」

黛玉道：「好像木樨香。」

探春笑道：「林姐姐終不脫南邊人的話，這大九月裡的，那裡還有桂花呢。」

黛玉笑道：「原是啊，不然怎麼不竟說是桂花香只說似乎像呢。」

湘雲道：「三姐姐，妳也別說。妳可記得『十里荷花，三秋桂子』？在南邊，正是晚桂開的時候了。妳只沒有見過罷了，等妳明日到南邊去的時候，妳自然也就知道了。」

探春笑道：「我有什麼事到南邊去？況且這個也是我早知道的，不用妳們說嘴。」李紋、李綺只抿著嘴兒笑。

……黛玉道：「妹妹，這可說不齊。俗語說，『人是地行仙』[4]，今日在這裡，明日就不知在那裡。譬如我，原是南邊人，怎麼到了這裡呢？」

湘雲拍著手笑道：「今兒三姐姐可叫林姐姐問住了。不但林姐姐是南邊人到這裡，就是我們這幾個人就不同。也有本來是

4. 人是地行仙——地行仙，仙人的一種。俗諺有「人是地行仙，一日不見走三千」之說。

北邊的，也有根子是南邊，生長在北邊的，也有生長在南邊，到這北邊的，今兒大家都湊在一處。可見人總有一個定數，大凡地和人總是各自有緣分的。」眾人聽了都點頭，探春也只是笑。

又說了一會子閒話兒，大家散出。黛玉送到門口，大家都說：「妳身上才好些，別出來了，看著了風。」

⋯⋯於是黛玉一面說著話兒，一面站在門口又與四人殷勤了幾句，便看著她們出院去了。進來坐著，看看已是林鳥歸山，夕陽西墜。因史湘雲說起南邊的話，便想著「父母若在，南邊的景致，春花秋月，水秀山明，二十四橋，六朝遺跡。不少下人服侍，諸事可以任意，言語亦可不避。香車畫舫，紅杏青簾，惟我獨尊。今日寄人籬下，縱有許多照應，自己無處不要留心。不知前生作了什麼罪孽，今生這樣孤淒。真是李後主說的『此間日中只以眼淚洗面』[5]矣！」一面思想，不知不覺神往那裡去了。

……紫鵑走來，看見這樣光景，想著必是因剛才說起南邊北邊的話來，一時觸著黛玉的心事了，便問道：「姑娘們來說了半天話，想來姑娘又勞了神了。剛才我叫雪雁告訴廚房裡給姑娘作了一碗火肉[6]白菜湯，加了一點兒蝦米兒，配了點青筍紫菜。姑娘想著好麼？」

黛玉道：「也罷了。」

紫鵑道：「還熬了一點江米粥。」

黛玉點點頭兒，又說道：「那粥該妳們兩個自己熬了，不用她們廚房裡熬才是。」

……紫鵑道：「我也怕廚房裡弄的不乾淨，我們各自熬呢。就是

5.「此間」句——南唐後主李煜亡國後，囚居於宋，他在給舊宮人的信裡說：「此中日夕，只以眼淚洗面」，描述去國哀傷心情。

6.火肉——火腿肉。

那湯，我也告訴雪雁和柳嫂兒說了，要弄乾淨著。柳嫂兒說了，她打點妥當，拿到她屋裡叫他們五兒瞅著燉呢。」

黛玉道：「我倒不是嫌人家腌臢，只是病了好些日子，不周不備，都是人家，這會子又湯兒粥兒的調度，未免惹人厭煩。」說著，眼圈兒又紅了。

紫鵑道：「姑娘這話也是多想。姑娘是老太太的外孫女兒，又是老太太心坎兒上的。別人求其在姑娘跟前討好兒還不能呢，那裡有抱怨的。」

……黛玉點點頭兒，因又問道：「妳才說的五兒，不是那日和寶二爺那邊的芳官在一處的那個女孩兒？」

紫鵑道：「就是她。」

黛玉道：「不聽見說要進來麼？」

紫鵑道：「可不是，因為病了一場，後來好了才要進來，正是晴雯他們鬧出事來的時候，也就耽擱住了。」

黛玉道：「我看那丫頭倒也還頭臉兒乾淨。」

說著，外頭婆子送了湯來。雪雁出來接時，那婆子說道：「沒敢在大廚房裡作，怕姑娘嫌腌臢。」雪雁答應著接了進來。

黛玉在屋裡已聽見了，吩咐雪雁告訴那老婆子回去說，叫她費心。雪雁出來說了，老婆子自去。

這裡雪雁將黛玉的碗箸安放在小几兒上，因問黛玉道：「還有咱們南來的五香大頭菜，拌些麻油醋可好麼？」

黛玉道：「也使得，只不必累贅了。」一面盛上粥來，黛玉吃了半碗，用羹匙舀了兩口湯喝，就擱下了。兩個丫鬟撤了下來，拭淨了小几端下去，又換上一張常放的小几。

黛玉漱了口，盥了手，便道：「紫鵑，添了香了沒有？」

紫鵑道：「就添去。」

黛玉道：「妳們就把那湯和粥吃了罷，味兒還好，且是乾淨。

待我自己添香罷。」兩個人答應了，在外間自吃去了。

……這裡黛玉添了香，自己坐著。才要拿本書看，只聽得園內的風自西邊直透到東邊，穿過樹枝，都在那裡唏哩嘩喇不住的響。一回兒，檐下的鐵馬也只管叮叮噹噹的亂敲起來。

一時雪雁先吃完了，進來伺候。黛玉便問道：「天氣冷了，我前日叫妳們把那些小毛兒衣服晾晾，可曾晾過沒有？」

雪雁道：「都晾過了。」

黛玉道：「妳拿一件來我披披。」雪雁走去將一包小毛衣服抱來，打開氈包，給黛玉自揀。

只見內中夾著個絹包兒，黛玉伸手拿起打開看時，卻是寶玉病時送來的舊手帕，自己題的詩，上面淚痕猶在，裡頭卻包著那剪破了的香囊扇袋並寶玉通靈玉上的穗子。原來晾衣服時從箱中撿出，紫鵑恐怕遺失了，遂夾在這氈包裡的。

這黛玉不看則已，看了時也不說穿那一件衣服，手裡只拿著那兩方手帕，獃獃的看那舊詩。看了一回，不覺的簌簌淚下。紫鵑剛從外間進來，只見雪雁正捧著一氈包衣裳在旁邊呆立，小几上卻擱著剪破的香囊，兩三截兒扇袋和那鉸折了的穗子，黛玉手中自拿著兩方舊帕，上邊寫著字跡，在那裡對著滴淚。正是：

失意人逢失意事，新啼痕間舊啼痕。

……紫鵑見了這樣，知是她觸物傷情，感懷舊事，料道勸也無益，只得笑著道：「姑娘還看那些東西作什麼，那都是那幾年寶二爺和姑娘小時一時好了，一時惱了，鬧出來的笑話兒。要像如今這樣斯抬斯敬[7]，那裡能把這些東西白糟蹋了呢。」

紫鵑這話，原給黛玉開心，不料這幾句話更提起黛玉初來時和

7. 斯抬斯敬——互相敬重。

寶玉的舊事來，一發珠淚連綿起來。紫鵑又勸道：「雪雁這裡等著呢，姑娘披上一件罷。」那黛玉才把手帕撂下。紫鵑連忙拾起，將香袋等物包起拿開。

……這黛玉方披了一件皮衣，自己悶悶的走到外間來坐下。回頭看見案上寶釵的詩啟尚未收好，又拿出來瞧了兩遍，嘆道：「境遇不同，傷心則一。不免也賦四章，翻入琴譜，可彈可歌，明日寫出來寄去，以當和作。」便叫雪雁將外邊桌上筆硯拿來，濡墨揮毫，賦成四疊。又將琴譜翻出，借它《猗蘭》《思賢》兩操，合成音韻，與自己做的配齊了，然後寫出，以備送與寶釵。又即叫雪雁向箱中將自己帶來的短琴拿出，調上弦，又操演了指法。黛玉本是個絕頂聰明人，又在南邊學過幾時，雖是手生，到底一理就熟。撫了一番，夜已深了，便叫紫鵑收拾睡覺不題。

……※……※……※……

……卻說寶玉這日起來梳洗了，帶著焙茗，正往書房中來，只見墨雨笑嘻嘻的跑來迎頭說道：「二爺今日便宜了，太爺不在書房裡，都放了學了。」

寶玉道：「當真的麼？」

墨雨道：「二爺不信，那不是三爺和蘭哥兒來了。」寶玉看時，只見賈環、賈蘭跟著小廝們，兩個笑嘻嘻的，嘴裡咭咭呱呱不知說些什麼，迎頭來了。見了寶玉，都垂手站立。

寶玉問道：「你們兩個怎麼就回來了？」

賈環道：「今日太爺有事，說是放一天學，明兒再去呢。」

寶玉聽了，方回身到賈母、賈政處去稟明了，然後回到怡紅院中。襲人問道：「怎麼又回來了？」寶玉告訴了她，只坐了一坐兒，便往外走。

襲人道：「往那裡去，這樣忙法？就放了學，依我說也該養養神兒了。」

寶玉站住腳，低了頭，說道：「妳的話也是。但是好容易放一天學，還不散散去，妳也該可憐我些兒了。」

襲人見說的可憐，笑道：「由爺去罷。」正說著，端了飯來。寶玉也沒法兒，只得且吃飯，三口兩口忙忙的吃完，漱了口，一溜煙往黛玉房中去了。

……走到門口，只見雪雁在院中晾絹子呢。寶玉因問：「姑娘吃了飯了麼？」雪雁道：「早起喝了半碗粥，懶待吃飯。這時候打盹兒呢。二爺且到別處走走，回來再來罷。」

……寶玉只得回來。無處可去，忽然想起惜春有好幾天沒見，便信步走到蓼風軒來。剛到窗下，只見靜悄悄一無人聲。寶玉打諒他也睡午覺，不便進去。才要走時，只聽屋裡微微一響，不知何聲。寶玉站住再聽，半日又拍的一響。

⋯⋯寶玉還未聽出，只見一個人道：「妳在這裡下了一個子兒，那裡妳不應麼？」寶玉方知是下大棋，但只急切聽不出這個人的語音是誰。

底下方聽見惜春道：「怕什麼，妳這麼一吃我，我這麼一應，妳又這麼吃，我又這麼應。還緩著一著兒呢，終久連得上。」

那一個又道：「我要這麼一吃呢？」

惜春道：「呵嗄！還有一著反撲在裡頭呢！我倒沒防備。」

寶玉聽了，聽那一個聲音很熟，卻不是她們姊妹。料著惜春屋裡也沒外人，輕輕的掀簾進去。看時不是別人，卻是那櫳翠庵的檻外人妙玉。

⋯⋯這寶玉見是妙玉，不敢驚動。妙玉和惜春正在凝思之際，也沒理會。寶玉卻站在旁邊看她兩個的手段。

只見妙玉低著頭問惜春道：「妳這個『畸角兒』不要了麼？」

惜春道：「怎麼不要。妳那裡頭都是死子兒，我怕什麼。」

妙玉道：「且別說滿話，試試看。」

惜春道：「我便打了起來，看妳怎麼樣。」

妙玉卻微微笑著，把邊上子一接，卻搭轉一吃，把惜春的一個角兒都打起來了，笑著說道：「這叫做『倒脫靴勢』。」

……惜春尚未答言，寶玉在旁情不自禁，哈哈一笑，把兩個人都唬了一大跳。惜春道：「你這是怎麼說，進來也不言語，這麼使促狹唬人。你多早晚進來的？」

寶玉道：「我頭裡就進來了，看著妳們兩個爭這個『畸角兒』。」

說著，一面與妙玉施禮，一面又笑問道：「妙公輕易不出禪關，今日何緣下凡一走？」妙玉聽了，忽然把臉一紅，也不答言，低了頭自看那棋。

…寶玉自覺造次，連忙陪笑道：「倒是出家人比不得我們在家的俗人，頭一件心是靜的。靜則靈，靈則慧。」寶玉尚未說完，只見妙玉微微的把眼一抬，看了寶玉一眼，復又低下頭去，那臉上的顏色漸漸的紅暈起來。寶玉見她不理，只得訕訕的旁邊坐了。

…惜春還要下子，妙玉半日說道：「再下罷。」便起身理理衣裳，重新坐下，痴痴的問著寶玉道：「你從何處來？」寶玉巴不得這一聲，好解釋前頭的話，忽又想道：「或是妙玉的機鋒。」一轉紅了臉答應不出來。妙玉微微一笑，自和惜春說話。

惜春也笑道：「二哥哥，這什麼難答的，你沒的聽見人家常說的『從來處來』麼。這也值得把臉紅了，見了生人的似的。」

……妙玉聽了這話，想起自家，心上一動，臉上一熱，必然也是紅的，倒覺不好意思起來。因站起來說道：「我來得久了，要回庵裡去了。」惜春知妙玉為人，也不深留，送出門口。

妙玉笑道：「久已不來這裡，彎彎曲曲的，回去的路頭都要迷住了。」寶玉道：「這倒要我來指引指引何如？」

妙玉道：「不敢，二爺前請。」

……於是二人別了惜春，離了蓼風軒，彎彎曲曲，走近瀟湘館，忽聽得叮咚之聲。

妙玉道：「那裡的琴聲？」

寶玉道：「想必是林妹妹那裡撫琴呢。」

妙玉道：「原來她也會這個，怎麼素日不聽見提起？」

寶玉悉把黛玉的事述了一遍，因說：「咱們去看她。」

妙玉道：「從古只有聽琴，再沒有『看琴』的。」

寶玉笑道：「我原說我是個俗人。」說著，二人走至瀟湘館外，在山子石坐著靜聽，甚覺音調清切。只聽得低吟道：

風蕭蕭兮秋氣深，美人千里兮獨沉吟。

望故鄉兮何處，倚欄杆兮涕沾襟。

歇了一回，聽得又吟道：

山迢迢兮水長，照軒窗兮明月光。

耿耿不寐兮銀河渺茫，羅衫怯怯兮風露涼。

又歇了一歇。妙玉道：「剛才『侵』字韻是第一疊，如今『陽』字韻是第二疊了。咱們再聽。」裡邊又吟道：

子之遭兮不自由，予之遇兮多煩憂。

之子與我兮心焉相投，思古人兮俾無尤。

妙玉道：「這又是一拍。何憂思之深也！」寶玉道：「我雖不懂得，但聽她音調，也覺得過悲了。」裡頭又調了一回弦。妙玉道：「君弦太高了，與無射律只怕不配呢[8]。」裡邊又吟道：

人生斯世兮如輕塵，天上人間兮感夙因。

感夙因兮不可惙，素心如何天上月。

妙玉聽了，呀然失色道：「如何忽作變徵[9]之聲？音韻可裂金石矣。只是太過。」寶玉道：「太過便怎麼？」妙玉道：「恐不能持久。」……正議論時，聽得君弦蹦的一聲斷了。妙玉站起來連忙就走。寶玉道：「怎麼樣？」妙玉道：「日後自知，你也不必多說。」竟自走了。弄得寶玉滿肚疑團，沒精打彩的歸至怡紅院中，不表。

8. 「君弦」句——**君弦**，古琴確定基音的最粗的一根弦，又名初弦、大弦。**無射律**，十二綠之一。因無射律音階較高，故君弦定音太高，無射律音階則更高，彈奏極困難。

9. **變徵**——古代七聲音階之一，通常表現激越悲涼的情緒。

……※……※……※……

……單說妙玉歸去，早有道婆接著，掩了庵門，坐了一回，把「禪門日誦」念了一遍。吃了晚飯，點上香拜了菩薩，命道婆自去歇著，自己的禪床靠背俱已整齊，屏息垂簾，跏趺[10]坐下，斷除妄想，趨向真如。

坐到三更過後，聽得屋上骨碌碌一片瓦響，妙玉恐有賊來，下了禪床，出到前軒，但見雲影橫空，月華如水。

……那時天氣尚不很涼，獨自一個憑欄站了一回，忽聽房上兩個貓兒一遞一聲廝叫。那妙玉忽想起日間寶玉之言，不覺一陣心跳耳熱。自己連忙收攝心神，走進禪房，仍到禪床上坐了。

怎奈神不守舍，一時如萬馬奔馳，覺得禪床便恍盪起來，身子

10. 跏趺（音加夫）——佛教中修禪者的坐法：兩足交叉置於左右股上，稱「全跏坐」；或單以左足押在右股上，或單以右足押在左股上，叫「半跏坐」。據佛經載，跏趺可以減少妄念，集中思想。

已不在庵中。便有許多王孫公子要求娶她，又有些媒婆扯扯拽拽扶她上車，自己不肯去。一回兒又有盜賊劫她，持刀執棍的逼勒，只得哭喊求救。

……早驚醒了庵中女尼道婆等眾，都拿火來照看。只見妙玉兩手撒開，口中流沫。急叫醒時，只見眼睛直豎，兩顴鮮紅，罵道：「我是有菩薩保佑，你們這些強徒敢要怎麼樣！」

眾人都唬的沒了主意，都說道：「我們在這裡呢，快醒轉來罷。」

妙玉道：「我要回家去，妳們有什麼好人送我回去罷。」

道婆道：「這裡就是妳住的房子。」說著，又叫別的女尼忙向觀音前禱告，求了籤，翻開籤書看時，是觸犯了西南角上的陰人。

就有一個說：「是了。大觀園中西南角上本來沒有人住，陰氣是有的。」一面弄湯弄水的在那裡忙亂。

…那女尼原是自南邊帶來的，服侍妙玉自然比別人盡心，圍著妙玉，坐在禪床上。妙玉回頭道：「妳是誰？」

女尼道：「是我。」

妙玉仔細瞧了一瞧，道：「原來是妳。」便抱住那女尼嗚嗚咽咽的哭起來，說道：「妳是我的媽呀，妳不救我，我不得活了。」那女尼一面喚醒她，一面給她揉著。道婆倒上茶來喝了，直到天明才睡了。

…女尼便打發人去請大夫來看脈，也有說是思慮傷脾的，也有說是熱入血室的，也有說是邪祟觸犯的，也有說是內外感冒的，終無定論。

後請得一個大夫來看了，問：「曾打坐過沒有？」

道婆說道：「向來打坐的。」
大夫道：「這病可是昨夜忽然來的麼？」道婆道：「是。」
大夫道：「這是走魔入火的原故。」眾人問：「有礙沒有？」
大夫道：「幸虧打坐不久，魔還入得淺，可以有救。」寫了降伏心火的葯，吃了一劑，稍稍平復些。
外面那些游頭浪子聽見了，便造作許多謠言說：「這樣年紀，那裡忍得住。況且又是很風流的人品，很乖覺的性靈，以後不知飛在誰手裡，便宜誰去呢。」過了幾日，妙玉病雖略好，神思未復，終有些恍惚。

……一日惜春正坐著，彩屏忽然進來回道：「姑娘知道妙玉師父的事嗎？」惜春道：「她有什麼事？」
彩屏道：「我昨日聽的邢姑娘和大奶奶那裡說呢，她自從那日和姑娘下棋回去，夜間忽然中了邪，嘴裡亂嚷，說強盜來搶她來了，到如今還沒好。姑娘你說這不是奇事嗎？」惜春聽了，默默無語，因想：「妙玉雖然潔淨，畢竟塵緣未斷。可惜我生在這種人家不便出家。我若出了家時，那有邪魔纏擾，一念不生，萬緣俱寂。」想到這裡，驀與神會，若有所得，便口占一偈云：

大造本無方，云何是應住。既從空中來，應向空中去。

占畢，即命丫頭焚香。自己靜坐了一回，又翻開那棋譜來，把孔融、王積薪等所著看了幾篇。內中「荷葉包蟹勢」、「黃鶯搏兔勢」都不出奇，「三十六局殺角勢」一時也難會難記，獨看到「八龍走馬」，覺得甚有意思。

……正在那裡作想，只聽見外面一個人走進院來，連叫彩屏。未知是誰，下回分解。

◎第八八回◎

博庭歡寶玉讚孤兒
正家法賈珍鞭悍僕

……卻說惜春正在那裡揣摩棋譜，忽聽院內有人叫彩屏，不是別人，卻是鴛鴦的聲兒。彩屏出去，同著鴛鴦進來。

……那鴛鴦卻帶著一個小丫頭，提了一個小黃絹包兒。惜春笑問道：「什麼事？」鴛鴦道：「老太太因明年八十一歲，是個『暗九』[1]，許下一場九晝夜的功德，發心要寫三千六百五十零一部《金剛經》，這已發出外面人寫了。但是俗說：『金剛經』就像那道家的符殼[2]，『心經』才算是符膽[3]，故此，『金剛經』內，必要插著『心經』，更有功德。「老太太因『心經』是更要緊的，觀自在又是女菩薩，所以要幾個親丁奶奶姑娘們寫上三百六十五部。如此又虔誠，又潔淨。咱們家中，除了二奶奶，頭一宗，她當家沒有空兒；二宗，她也寫不上來。其餘會寫字的，不論寫的多少，連東府珍大奶奶姨娘們都分了去。本家裡頭自不用說。」

惜春聽了，點頭道：「別的我做不來，若要寫經，我最信心的。妳擱下喝茶罷。」鴛鴦才將那小包兒擱在桌上，同惜春坐下。彩屏倒了一鍾茶來。

惜春笑問道：「妳寫不寫？」

鴛鴦道：「姑娘又來笑話了。那幾年還好；這三四年來，姑娘還見我拿拿筆兒沒有？」

惜春道：「這卻是有功德的。」

鴛鴦道：「我也有一件事；向來服侍老太太安歇後，自己念念米佛，已經念了三年多了。我把這個米收好，等老太太做功德

1.暗九—九，數之極限舊時認為八十一為九九相乘而得，暗藏兩個九字，又稱「暗坎」。

2.符彀—比喻道家符籙的表面形式。

3.符膽—符膽即符竅，符竅是符的靈魂象徵，道符就如同一個人一樣，沒有靈魂的人無異是一具殭屍，沒有符竅的符如同一樣廢紙。

的時候，我將它襯在裡頭供佛施食，也是我一點誠心。」

惜春道：「這樣說來，老太太做了觀音，妳就是龍女[4]了。」

鴛鴦道：「那裡跟得上這個分兒！」說著要走，叫小丫頭把小絹包打開，拿出來道：「這素紙一札，是寫《心經》的。」又拿起一子兒藏香，道：「這是叫寫經時點著寫的。」惜春都應了。

……鴛鴦遂辭了出來，同小丫頭回至賈母房中，回了一遍，看見賈母與李紈打雙陸[5]，鴛鴦旁邊瞧著。李紈的骰子好，擲下去，把老太太的錘打下了好幾個去，鴛鴦抿著嘴兒笑。忽見寶玉進來，手中提了兩個細篾絲的小籠子，籠內有幾個蟈蟈兒，說道：「我聽說老太太夜裡睡不著，我給老太太留下解解悶。」

賈母笑道：「你別瞅著你老子不在家，你只管淘氣。」

4. 龍女—相傳為婆竭羅龍王的女兒，八歲到靈鷲山拜釋迦牟尼，後成道。

5. 打雙陸—又作「打馬」。相傳由天竺傳入，在木製的盤子上設局，左右各有六路。用木頭做成椎形的子，叫做「馬」，黑白各十五枚。黑馬從左到右，白馬反之。以先走到對方為勝。

寶玉笑道：「我沒有淘氣。」

賈母道：「你沒有淘氣，不在學房裡念書，為什麼又弄這個東西呢？」

寶玉道：「不是我自己弄的。前日因師父叫環兒和蘭兒對對子，環兒對不來，我悄悄的告訴了他。他說了，師父喜歡，誇了他兩句。他感激我的情，買了來孝敬我的。我才拿了來孝敬老太太的。」

賈母道：「他沒有天天念書麼？為什麼對不上來？他對不來，就叫你儒大爺爺打他的嘴巴子，看他臊不臊？你也夠受了，不記得你老子在家時，一叫做詩做詞，唬得倒像個小鬼兒似的？這會子又說嘴了。那環小子更沒出息，求人替做了，就變著法兒打點人。這麼點子孩子，就鬧鬼鬧神的，也不害臊！趕大了，還不知道是個什麼東西呢！」說的滿屋子人都笑了。

……賈母又問道：「蘭小子呢，做上來沒有？這該環兒替他了，他又比他小了，是不是？」

寶玉笑道：「他倒沒有，卻是自己對的。」

賈母道：「我不信，不然，也就是你鬧了鬼了。如今你還了得，『羊群裡跑出駱駝來了』，就只你大，你又會做文章了！」

寶玉笑道：「實在是他做的，師父還誇他明兒一定有大出息呢。老太太不信，就打發人叫了他來親自試試，老太太就知道了。」

賈母道：「果然這麼著，我才喜歡。我不過怕你撒謊。既是他做的，這孩子明兒大概還有一點兒出息。」因看著李紈，又想起賈珠來，又說道：「這也不枉你大哥哥死了，你大嫂子拉扯他一場！日後也替你大哥哥頂門壯戶。」說到這裡，不禁淚下。

…李紈聽了這話，卻也動心，只是賈母已經傷心，自己連忙忍住淚，笑勸道：「這是老祖宗的餘德，我們托著老祖宗的福罷咧。只要他應得老祖宗的話，就是我們的造化了。老祖宗看著也喜歡，怎麼倒傷起心來呢？」

因又向寶玉道：「寶叔叔明兒別這麼誇他，他多大孩子，知道什麼？你不過是愛惜他的意思，他那裡懂得，一來二去，眼大心肥，那裡還能夠有長進呢？」

賈母道：「你嫂子也說得是。就只他還太小呢，也別逼緊了他；小孩兒膽兒小，一時逼急了，弄出點子毛病來，書倒念不成，把妳的工夫都白糟蹋了。」賈母說到這裡，李紈卻忍不住撲簌簌掉下淚來，連忙擦了。

…只見賈環、賈蘭也都進來給賈母請了安。賈蘭又見過他母親，然後過來，在賈母旁邊侍立。

賈母道：「我剛才聽見你叔叔說你對的好對子，師父誇你來。」

賈蘭也不言語，只管抿著嘴兒笑。

鴛鴦過來說道：「請示老太太，晚飯伺候下了。」

賈母道：「請妳姨太太去。」琥珀接著便叫人到王夫人那邊請薛姨媽。這裡寶玉、賈環退出，素雲和小丫頭們過來把雙陸收起，李紈尚等著伺候賈母的晚飯。賈蘭便跟著他母親站著。

賈母道：「你們娘兒兩個跟著我吃罷。」

李紈答應了。一時，擺上飯來，小丫頭回來稟道：「太太叫回老太太，姨太太這幾天浮來暫去[6]，不能過來陪老太太，今日飯後家去了。」於是賈母便叫賈蘭在身旁坐下，大家吃飯，不必細述。

……卻說賈母剛吃完了飯，盥漱了，歪在床上說閒話。只見小丫頭子告訴琥珀，琥珀過來回賈母道：「東府大爺請晚安來

6. 浮來暫去——比喻來去無定。

了。」

賈母道：「妳們告訴他，如今他辦理家務乏乏的，叫他歇著去罷，我知道了。」琥珀告訴老婆子們，傳出來，賈珍然後退出。

※……※……※

……到了次日，賈珍過來料理諸事。門上小廝陸續回了幾件事。又一個小廝回道：「莊頭送果子來了。」賈珍道：「單子呢？」那小廝連忙呈上。賈珍看時，上面寫著不過是時鮮果品，還夾帶菜蔬野味若干在內。

賈珍看完，便問：「向來何人經管的？」門上回道：「是周瑞。」便叫周瑞：「照賬點清，送往裡頭交代。等我把來賬抄下一個底子，留著好對。」又叫：「告訴廚房，把下菜中添幾樣，給送果子來的人，照常賞飯給錢。」

…周瑞答應了，一面叫人搬至鳳姐院子裡去，又把莊上的賬和果子交代明白，出去了。一回兒，又進來回賈珍：「纔剛來的果子，大爺曾點過數目沒有？」

賈珍道：「我那裡有功夫點這個呢？給了你賬，你照賬點就是了。」

周瑞道：「小的曾點過也沒有少，也不能多出來。大爺既留下底子，再叫送果子來的人問問他，這賬是真的假的。」

賈珍道：「這是怎麼說？不過是幾個果子罷咧，有什麼要緊？我又沒有疑你。」

…說著只見鮑二走來磕了一個頭，說道：「求大爺原舊放小的在外頭伺候罷。」賈珍道：「你們這又是怎麼著？」

鮑二道：「奴才在這裡又說不上話來。」

賈珍道：「誰叫你說話？」

鮑二道：「何苦來這裡做眼睛珠兒[7]？」

周瑞道：「奴才在這裡經管地租莊子銀錢出入，每年也有三五十萬來往，老爺太太奶奶們從沒有說過話的，何況這些零碎東西？若照鮑二說起來，爺們家裡的田地房產都被奴才們弄完了。」

賈珍想道：「必是鮑二在這裡拌嘴，不如叫他出去。」因向鮑二說道：「快滾罷！」又告訴周瑞說：「你也不用說了，你幹你的事罷。」二人各自散了。

……賈珍正在廂房裡歇著，聽見門上鬧得翻江攪海，叫人去查問，回來說道：「鮑二和周瑞的乾兒子打架。」

賈珍道：「周瑞的乾兒子是誰？」門上的回道：「叫何三，本來是個沒味兒[8]的，天天在家裡吃酒鬧事，常來門上坐著。聽見鮑二和周瑞拌嘴，他就插在裡頭。」

7. 做眼睛珠兒——比喻監視別人的人。

8. 沒味兒——謂品行卑劣。

賈珍道：「這卻可惡！把鮑二和那什麼何三給我一塊兒捆起來！周瑞呢？」門上回道：「打架時，他先走了。」

賈珍道：「給我拿了來！這還了得！」眾人答應了。

正嚷著，賈璉也回來了，賈珍便告訴了一遍。賈璉道：「這還了得！」又添了人去拿周瑞。周瑞知道躲不過，也找到了。

賈珍便叫：「都捆上！」

賈璉便向周瑞道：「你們前頭的話也不要緊，大爺說開了，很是了，為什麼外頭又打架？你們打架已使不得，又弄個野雜種什麼何三來鬧。你不壓伏壓伏他們，倒竟走了！」就把周瑞踢了幾腳。

賈珍道：「單打周瑞不中用。」喝命把鮑二和何三各人打了五十鞭子，攆了出去，方和賈璉兩個商量正事。下人背地裡便生出許多議論來：也有說賈珍護短的；也有說不會調停的；也有說他本不是好人，「前兒尤家姐妹弄出許多醜事來，那鮑二不是他調停著二爺叫了來的嗎？這會子又嫌鮑二不濟事，必是鮑二女人服侍不到了。」人多嘴雜，議論紛紛不一。

……※……※……※……

……卻說賈政自從在工部掌印，家人中儘有發財的。那賈芸聽見了，也要插手弄一點事兒，便在外頭說了幾個工頭，講了成數，便買了些時新繡貨，要走鳳姐的門子。

……鳳姐正在屋子，聽見丫頭們說：「大爺、二爺都生了氣，在外頭對打人呢。」鳳姐聽了，不知何故。正要叫人去問問，只見賈璉已進來了，把外面的事告訴了一遍。

鳳姐道：「事情雖不要緊，但這風俗兒斷不可長。此刻還算咱們家裡正旺的時候，他們就敢打架，以後小輩兒當了家，他們越發難制伏了。

「前年我在東府裡親眼見焦大喝得爛醉，躺在臺階下底子罵人，不管上上下下，一趟子的混罵。他雖是有過功勞的人，到底主子奴才的名分，也要存點體統兒纔好。「珍大奶奶不是我說，是個老實的，個個人都叫她養得無法無天的。如今又弄出一個什麼鮑二！我還聽見是你和珍大爺得用的人，為什麼今兒又打他呢？」

賈璉聽了這話刺心，便覺得訕訕的，拿話支開，借著有事，說著就走了。

……小紅進來回道：「芸二爺在外頭要見奶奶。」

鳳姐一想：「他又來做什麼？」便道：「叫他進來罷。」

小紅出來，瞅著賈芸微微一笑。

賈芸趕忙湊進一步，問道：「姑娘替我回了沒有？」

小紅紅了臉，說道：「我就是見二爺的事多！」

賈芸道：「何曾有多少事能到裡頭來勞動姑娘呢？是那一年姑娘在寶二叔房裡，我才和姑娘……」

小紅怕人撞見，不等說完，連忙問：「那年我換給二爺的一塊絹子，二爺見了沒有？」那賈芸聽了這話，喜的心花頓開，才要說話，只見一個小丫頭從裡出來，賈芸連忙同著小紅往裡，兩個一左一右，相離不遠。

賈芸悄悄的道：「回來我出來，還是妳送出我來。我告訴妳，還有笑話兒呢。」

小紅聽了，把臉飛紅，瞅了賈芸一眼，也不答言。和他到鳳姐門口，自己先進去回了，然後出來，掀起簾子，說道：「奶奶請芸二爺進來呢。」

…賈芸笑了一笑，跟著她走進房來，見了鳳姐，請了安，並說：「母親叫問好。」鳳姐也問了他母親好。

鳳姐道：「你來有什麼事？」

賈芸道：「姪兒從前承嬸娘疼愛，心上時刻想著，總過意不去。欲要孝敬嬸娘。又怕嬸娘多想。如今重陽時候，略備了一點東西。嬸娘這裡那一件沒有呢？不過是姪兒一點孝心。只怕嬸娘不肯賞臉。」

鳳姐笑道：「有話坐下說。」賈芸才側身坐下，連忙將東西擱在旁邊桌上。

……鳳姐又道：「你不是什麼有餘的人，何苦又去花錢？我又不等著使。你今日來意，是怎麼個想頭兒，你倒是實說。」

賈芸道：「並沒有別的想頭兒，不過感念嬸娘的恩惠，過意不去罷咧。」

鳳姐道：「不是這麼說。你手裡窄，我很知道，我何苦白白兒使你的？要我收下東西，須先向我說明白了。要是這麼『含著骨頭露著肉』的，我倒不收。」

賈芸沒法兒，只得站起來，陪著笑道：「並沒有什麼妄想：前幾日聽得老爺總辦陵工[9]，姪兒有幾個朋友，辦過好些工程，極妥當的，要求嬸娘在老爺跟前提一提。辦得一兩種，姪兒再忘不了嬸娘恩典！若是家裡用得著姪兒，也能給嬸娘出力。」

……鳳姊道：「若是別的，我卻可以做主。至於衙門中的事，上頭呢，都是堂官司員定的，底下呢，都是那些書辦衙役們辦的。就是你二叔去，也只為的是各自家裡的事，他也絕不能攙越[10]公事。

「至於家裡，這是踩一頭兒撬一頭兒[11]的，連珍大爺還彈壓不住。你的年紀兒又輕，輩數兒又小，那裡纏得清這些人呢？況且衙門裡頭的事，差不多兒也要完了，不過吃飯瞎跑。你

9. 陵工—營繕帝王陵墓寢廟的工程。

10. 攙越—越出本分。

11. 踩一頭兒撬一頭兒—比喻處事不容易使各方得到滿意。

在家裡什麼事做不得，難道沒了這碗飯吃不成？

「我這是實在話，你自己回去想想就知道了。你的情意，我已經領了，把東西快拿回去，是那裡弄來的，仍舊給人家送了去罷。」

……正說著，只見奶媽一大起帶了巧姐兒進來，那巧姐兒身上穿得錦團花簇，手裡拿著好些頑意兒，笑嘻嘻走到鳳姐身邊學舌。賈芸一見，便站起來，笑盈盈的趕著說道：「這就是大妹妹麼？妳要什麼好東西不要？」那巧姐兒便啞的一聲哭了，賈芸忙退下。

鳳姐道：「乖乖不怕。」連忙將巧姐攬在懷裡道：「這是妳芸大哥哥，怎麼認起生來了？」

賈芸道：「妹妹生得好相貌，將來又是個有大造化的。」那巧姐兒回頭把賈芸一瞧，又哭起來，疊連幾次。

……賈芸看這光景坐不住，便起身告辭要走。鳳姐道：「你把東西帶了去罷！」

賈芸道：「這一點子嬸娘還不賞臉？」

鳳姐道：「你不帶去，我便叫人送到你家去。芸哥兒，你不要這麼樣，你又不是外人。我這裡有機會，少不得打發人叫你去；沒有事也沒法，不在乎這些東西上。」

賈芸看見鳳姐執意不受，只得紅著臉說道：「既這麼著，我再找得用東西孝敬嬸娘罷。」鳳姐便叫小紅拿了東西，跟著賈芸送出來。

……賈芸走著，一面心中想道：「人說二奶奶利害，果然利害，一點兒都不漏縫，真正斬釘截鐵，怪不得沒有後世。這巧姐兒更怪，見了我好像前世的冤家似的，真正晦氣，白鬧了這麼一天。」

小紅見賈芸沒得彩頭，也不高興，拿著東西跟出來。

賈芸接過來，打開包兒，揀了兩件悄悄遞給小紅。小紅不接，嘴裡說道：「二爺別這麼著。看奶奶知道了，大家倒不好看。」

賈芸說：「妳好生收著罷。怕什麼的，那裡就知道了？妳若不要，就是瞧不起我了。」

小紅微微一笑，方接過來，說道：「你先去罷。有什麼事情，只管來找我。我如今在這院裡了。」

賈芸點點頭兒，說道：「二奶奶太利害，我可惜不能常來！剛才我的話，妳橫豎心裡明白，得了空兒，再告訴妳。」小紅滿臉羞紅，說道：「你去罷。明兒也常來走走。誰叫你和她生疏呢？」

賈芸道：「知道了。」說著，出了院門。這裡小紅站在門口，怔怔的看他去遠了，才回來。

……卻說鳳姐在屋裡，吩咐預備晚飯，因又問道：「妳們熬粥沒有？」丫頭們連忙去問，回來回道：「預備了。」

鳳姐道：「妳們把那南邊來的糟東西，弄一兩碟來。」秋桐答應了，叫丫頭們伺候。

……平兒走來笑道：「我倒忘了；今兒晌午，奶奶在上頭老太太那邊的時候，水月的師父打發人來，要向奶奶討兩瓶南小菜，還要支用幾個月的月銀，說是身上不受用。

「我問那道婆來著：『師父怎麼不受用？』她說：『四五天了。前兒夜裡，因那些小沙彌小道士裡頭有幾個女孩子，睡覺沒有吹燈，她說了幾次不聽。那一夜，看見她們三更以後燈還點著呢，她便叫她們吹燈，個個都睡著了，沒有人答應，只得自己親自起來給他們吹滅了。

「回到炕上，只見有兩個人，一男一女，坐在炕上。她趕著問是誰，那裡把一根繩子往她脖子上一套，她便叫起人來。眾人聽見，點上燈火，一起趕來，已經躺在地下，滿口吐白沫子。幸虧救醒了。此時還不能吃東西，所以叫來尋些小菜兒的。』

「我因奶奶不在房中，不便給她。我說：『奶奶此時沒有空兒，在上頭呢，回來告訴。』便打發她回去了。才剛聽見說起南菜，方想起來了，不然就忘了。」

…鳳姐聽了，呆了一呆，說道：「南菜不是還有呢，叫人送些去就是了。那銀子，過一天叫芹哥來領就是了。」

又見小紅進來回道：「剛才二爺差人來，說是今晚城外有事，不能回來，先通知一聲。」

鳳姐道：「是了。」

……說著，只聽見小丫頭從後面喘吁吁嚷著，直跑到院子裡來。外面平兒接著，還有幾個丫頭們，咕咕唧唧的說話。

鳳姐道：「妳們說什麼呢？」

平兒道：「小丫頭子有些膽怯，說鬼話。」

鳳姐說：「那一個小丫頭？叫她進來。」問道：「什麼鬼話？」

那丫頭道：「我剛才到後邊去叫人添煤，只聽得三間空屋裡『嘩啦嘩啦』的響，我還道是貓兒耗子；又聽得『咳』的一聲，像個人出氣兒似的。我害怕，就跑回來了。」

鳳姐罵道：「胡說！我這裡斷不興說神說鬼，我從來不信這個話，快滾出去！」那丫頭出去了。鳳姐便叫彩明，將一天零碎日用賬，對過一遍。時已將近二更，大家又歇了一回，略說些閒話，遂叫各人安歇去。鳳姐也睡下了。

……將近三更，鳳姐似睡不睡，覺得身上寒毛一乍，自己驚醒了，越躺越發起滲來，因叫平兒秋桐過來做伴。二人也不解何意。

那秋桐本不順鳳姐，後來賈璉因尤二姐之事，不太愛惜她了，鳳姐又籠絡她，如今倒也安靜，只是心裡比平兒差多了，外面情兒。今見鳳姐不受用，端上茶來。

鳳姐喝了一口道：「難為妳，睡去罷，只留平兒在這裡就夠了。」秋桐卻要獻勤兒，因說道：「奶奶睡不著，倒是我們兩個輪流坐坐也使得。」鳳姐一面說，一面睡著了。她二人方都穿著衣裳略躺了躺，就天亮了，連忙起來服侍鳳姐梳洗。

⋯鳳姐因夜中之事，心神恍惚不寧，只是一味要強，仍然扎掙起來。正坐著納悶，忽聽個小丫頭在院裡問道：「平姑娘在屋裡麼？」平兒答應了一聲。那小丫頭掀簾子進來，卻是王夫人打發過來找賈璉，說：「外頭有人回要緊的官事。老爺方才出了門，太太快叫請二爺過去呢。」鳳姐聽見，唬了一跳。未知何事，下回分解。

◎第八九回◎

人亡物在公子填詞
蛇影杯弓顰卿絕粒

……卻說鳳姐正自起來納悶，忽聽見小丫頭這話，又唬了一跳，連忙問道：「什麼官事？」小丫頭道：「也不知道。剛才二門上小廝回進來，回老爺有要緊的官事，所以太太叫我請二爺來了。」

鳳姐聽是工部裡的事，才把心略略的放下，因說道：「妳回去回太太，就說二爺昨日晚上出城有事，沒有回來。打發人先回珍大爺去罷。」那丫頭答應著去了。

……一時賈珍過來，見了部裡的人，問明了，進來見了王夫人，回道：「部中來報，昨日總河[1]奏到，河南一帶決了河口，湮沒了幾府州縣。又要開銷國帑，修理城工。工部司官又有一番照料，所以部裡特來報知老爺的。」說完退出，及賈政回家來回明。

……從此直到冬間，賈政天天有事，常在衙門裡。寶玉的功課也漸漸鬆了，只是怕賈政覺察出來，不敢不常在學房裡去念書，連黛玉處也不敢常去。

……那時已到十月中旬，寶玉起來要往學房中去。這日天氣陡寒，只見襲人早已打點出一包衣服，向寶玉道：「今日天氣很冷，早晚寧使暖些。」說著，把衣服拿出來給寶玉挑了一件穿。又包了一件，叫小丫頭拿出交給焙茗，囑咐道：「天氣涼，二爺要換時，好生預備著。」焙茗答應了，抱著氈包跟著寶玉自去。

1. 總河—亦稱「河督」，河道總督的簡稱。

……寶玉到了學房中，做了自己的功課，忽聽得紙窗呼喇喇一派風聲。代儒道：「天氣又發冷。」把風門推開一看，只見西北上一層層的黑雲漸漸往東南撲上來。

焙茗走進來回寶玉道：「二爺，天氣冷了，再添些衣服罷。」寶玉點點頭兒。只見焙茗拿進一件衣服來，寶玉不看則已，看了時神已痴了。那些小學生都巴著眼瞧，卻原是晴雯所補的那件雀金裘。

……寶玉道：「怎麼拿這一件來！是誰給你的？」焙茗道：「是裡頭姑娘們包出來的。」寶玉道：「我身上不大冷，且不穿呢，包上罷。」代儒只當寶玉可惜這件衣服，卻也心裡喜他知道儉省。焙茗道：「二爺穿上罷，著了涼，又是奴才的不是了。二爺只當疼奴才罷。」寶玉無奈，只得穿上，呆呆的對著書坐著。代儒也只當他看書，不甚理會。晚間放學時，寶玉便往代儒托病告假一天。代儒本來上年紀的人，也不過伴著幾個孩子解悶兒，時常也八病九痛的，樂得去一個少操一日心。況且明知賈政事忙，賈母溺愛，便點點頭兒。

……寶玉一徑回來，見過賈母王夫人，也是這樣說，自然沒有不信的，略坐一坐便回園中去了。見了襲人等，也不似往日有說有笑的，便和衣躺在炕上。

襲人道：「晚飯預備下了，這會兒吃還是等一等兒？」

寶玉道：「我不吃了，心裡不舒服。你們吃去罷。」

襲人道：「那麼著你也該把這件衣服換下來了，那個東西那裡禁得住揉搓。」寶玉道：「不用換。」

襲人道：「倒也不但是嬌嫩物兒，你瞧瞧那上頭的針線也不該這麼糟蹋它呀。」寶玉聽了這話，正碰在他心坎兒上，嘆了一口氣道：「那麼著，妳就收拾起來給我包好了，我也總不穿它了。」說著，站起來脫下。

襲人才過來接時，寶玉已經自己疊起。襲人道：「二爺怎麼今日這樣勤謹起來了？」寶玉也不答言，疊好了，便問：「包袱呢？」麝月連忙遞過來，讓他自己包好，回頭卻和襲人擠著眼兒笑。

……寶玉也不理會，自己坐著，無精打彩，猛聽架上鐘響，自己低頭看了看錶，針已指到酉初二刻了。一時小丫頭點上燈來。襲人道：「你不吃飯，喝一口粥兒罷。別淨餓著，看仔細餓上虛火來，那又是我們的累贅了。」

寶玉搖搖頭兒，說：「不大餓，強吃了倒不受用。」

襲人道：「既這麼著，就索性早些歇著罷。」於是襲人麝月鋪設好了，寶玉也就歇下，翻來覆去只睡不著，將及黎明，反朦朧睡去，不一頓飯時，早又醒了。

……此時襲人、麝月也都起來。襲人道：「昨夜聽著你翻騰到五更多，我也不敢問你。後來我就睡著了，不知到底你睡著了沒有？」

寶玉道：「也睡了一睡，不知怎麼就醒了。」

襲人道：「你沒有什麼不受用？」

寶玉道：「沒有，只是心上發煩。」

襲人道：「今日學房裡去不去？」

寶玉道：「我昨兒已經告了一天假了，今兒我要想園裡逛一天，散散心，只是怕冷。妳叫他們收拾一間房子，備下一爐香，擱下紙墨筆硯。妳們只管幹妳們的，我自己靜坐半天才好。別叫他們來攪我。」

麝月接著道：「二爺要靜靜兒的用工夫，誰敢來攪。」

……襲人道：「這麼著很好，也省得著了涼。自己坐坐，心神也不散。」因又問：「你既懶待吃飯，今日吃什麼？早說好傳給廚房裡去。」

寶玉道：「還是隨便罷，不必鬧的大驚小怪的。倒是要幾個果子擱在那屋裡，借點果子香。」

襲人道：「那個屋裡好？別的都不大乾淨，只有晴雯起先住的那一間，因一向無人，還乾淨，就是清冷些。」

寶玉道：「不妨，把火盆挪過去就是了。」襲人答應了。

……正說著，只見一個小丫頭端了一個茶盤兒，一個碗，一雙牙箸，遞給麝月道：「這是剛才花姑娘要的，廚房裡老婆子送了來了。」麝月接了一看，卻是一碗燕窩湯，便問襲人道：

「這是姐姐要的麼？」襲人笑道：「昨夜二爺沒吃飯，又翻騰了一夜，想來今日早起心裡必是發空的，所以我告訴小丫頭們叫廚房裡作了這個來的。」

襲人一面叫小丫頭放桌兒，麝月打發寶玉喝了，漱了口。只見秋紋走來說道：「那屋裡已經收拾妥了，但等著一時炭勁過了，二爺再進去罷。」寶玉點頭，只是一腔心事，懶怠說話。一時小丫頭來請，說筆硯都安放妥當了。寶玉道：「知道了。」又一個小丫頭回道：「早飯得了。二爺在那裡吃？」

寶玉道：「就拿了來罷，不必累贅了。」小丫頭答應了自去。……一時端上飯來，寶玉笑了一笑，向襲人、麝月道：「我心裡悶得很，自己吃只怕又吃不下去，不如妳們兩個同我一塊兒吃，或者吃的香甜，我也多吃些。」

麝月笑道：「這是二爺的高興，我們可不敢。」

襲人道：「其實也使得，我們一處喝酒，也不止今日。只是偶然替你解悶兒還使得，若認真這樣，還有什麼規矩體統呢。」說著三人坐下。寶玉在上首，襲人麝月兩個打橫陪著。吃了飯，小丫頭端上漱口茶，兩個看著撤了下去。寶玉因端著茶，默默如有所思，又坐了一坐，便問道：「那屋裡收拾妥了麼？」

麝月道：「頭裡就回過了，這回子又問。」

……寶玉略坐了一坐，便過這間屋子來，親自點了一炷香，擺上些果品，便叫人出去，關上了門。外面襲人等都靜悄無聲。寶玉拿了一幅泥金角花的粉紅箋出來，口中祝了幾句，便提起筆來寫道：

怡紅主人焚付晴姐知之，酌茗清香，庶幾來饗。

其詞云：

隨身伴，獨自意綢繆。

誰料風波平地起，頓教軀命即時休。孰與話輕柔？

東逝水，無復向西流。

想像更無懷夢草，添衣還見翠雲裘。脈脈使人愁！

寫畢，就在香上點個火焚化了。靜靜兒等著，直待一炷香點盡了，才開門出來。

襲人道：「怎麼出來了？想來又悶的慌了。」

……寶玉笑了一笑，假說道：「我原是心裡煩，才找個地方兒靜坐坐兒。這會子好了，還要外頭走走去呢。」

說著，一逕出來，到了瀟湘館中，在院裡問道：「林妹妹在家裡呢麼？」紫鵑接應道：「是誰？」

掀簾看時，笑道：「原來是寶二爺。姑娘在屋裡呢，請二爺到屋裡坐著。」寶玉同著紫鵑走進來。

黛玉卻在裡間呢，說道：「紫鵑，請二爺屋裡坐罷。」

…寶玉走到裡間門口，看見新寫的一副紫墨色泥金雲龍箋的小對，上寫著：「綠窗明月在，青史古人空。」寶玉看了，笑了一笑，走入門去，笑問道：「妹妹做什麼呢？」

黛玉站起來迎了兩步，笑著讓道：「請坐。我在這裡寫經，只剩得兩行了，等寫完了再說話兒。」因叫雪雁倒茶。

寶玉道：「妳別動，只管寫。」

說著，一面看見中間掛著一幅單條，上面畫著一個嫦娥，帶著一個侍者，又一個女仙，也有一個侍者，捧著一個長長兒的衣囊似的，二人身邊略有些雲護，別無點綴，全仿李龍眠白描筆意，上有《鬥寒圖》三字，用八分書[2]寫著。

寶玉道：「妹妹這幅《鬥寒圖》可是新掛上的？」

黛玉道：「可不是。昨日她們收拾屋子，我想起來，拿出來叫

2. 八分書——漢隸的別稱。魏晉時也稱楷書為隸書，故別稱有波挑的隸書為「八分」，已示區別。

她們掛上的。」
寶玉道：「是什麼出處？」
黛玉笑道：「眼前熟的很的，還要問人。」
寶玉笑道：「我一時想不起，妹妹告訴我罷。」
黛玉道：「豈不聞『青女素娥俱耐冷，月中霜裡鬥嬋娟』。」
寶玉道：「是啊。這個實在新奇雅緻，卻好此時拿出來掛。」說著，又東瞧瞧，西走走。

……雪雁沏了茶來，寶玉吃著。又等了一會子，黛玉經才寫完，站起來道：「簡慢了。」
寶玉笑道：「妹妹還是這麼客氣。」但見黛玉身上穿著月白繡花小毛皮襖，加上銀鼠坎肩，頭上挽著隨常雲髻，簪上一枝赤金匾簪，別無花朵，腰下繫著楊妃色繡花綿裙。真比如：

亭亭玉樹臨風立，冉冉香蓮帶露開。

……寶玉因問道：「妹妹這兩日彈琴來著沒有？」

黛玉道：「兩日沒彈了。因為寫字已經覺得手冷，那裡還去彈琴。」

寶玉道：「不彈也罷了。我想琴雖是清高之品，卻不是好東西，從沒有彈琴裡彈出富貴壽考來的，只有彈出憂思怨亂來的。再者彈琴也得心裡記譜，未免費心。依我說，妹妹身子又單弱，不操這心也罷了。」黛玉抿著嘴兒笑。

寶玉指著壁上道：「這張琴可就是麼？怎麼這麼短？」

黛玉笑道：「這張琴不是短，因我小時學撫的時候別的琴都夠不著，因此特地做起來的。雖不是焦尾枯桐[3]，這鶴山鳳尾[4]還配得齊整，龍池雁足[5]高下還相宜。你看這斷紋不是牛旄[6]似的麼，所以音韻也還清越。」

……寶玉道：「妹妹這幾天來做詩沒有？」

3. 焦尾枯桐——泛指良琴。

4. 鶴山鳳尾——琴上部位名。**鶴山**，一名琴岳，又名臨岳，為琴面近琴首一端的弦架。**鳳尾**，一名鳳腿，即琴的尾部。

5. 龍池雁足——**龍池**，琴底前端的長方孔。**雁足**，琴腰底部的兩隻木足。

6. 牛旄——古琴上髹漆的裂紋叫斷紋，斷紋如牛旄者為上品。

黛玉道：「自結社以後沒大作。」

寶玉笑道：「妳別瞞我，我聽見妳吟的什麼『不可惙，素心如何天上月』，妳擱在琴裡覺得音響分外的響亮。有的沒有？」

黛玉道：「你怎麼聽見了？」

寶玉道：「我那一天從蓼風軒來聽見的，又恐怕打斷妳的清韻，所以靜聽了一會就走了。我正要問妳：前路是平韻，到末了兒忽轉了仄韻，是個什麼意思？」

黛玉道：「這是人心自然之音，做到那裡就到那裡，原沒有一定的。」

寶玉道：「原來如此。可惜我不知音，枉聽了一會子。」

黛玉道：「古來知音人能有幾個？」

……寶玉聽了。又覺得出言冒失了，又怕寒了黛玉的心，坐了一坐，心裡像有許多話，卻再無可講的。黛玉因方才的話也是衝口而出，此時回想，覺得太冷淡些，也就無話。

寶玉一發打量黛玉設疑，遂訕訕的站起來說道：「妹妹坐著罷。我還要到三妹妹那裡瞧瞧去呢。」黛玉道：「你若是見了三妹妹，替我問候一聲罷。」寶玉答應著便出來了。

……黛玉送至屋門口，自己回來悶悶的坐著，心裡想道：「寶玉近來說話半吐半吞，忽冷忽熱，也不知他是什麼意思。」

正想著，紫鵑走來道：「姑娘，經不寫了？我把筆硯都收好了？」

黛玉道：「不寫了，收起去罷。」說著，自己走到裡間屋裡床上歪著，慢慢的細想。

紫鵑進來問道：「姑娘喝碗茶罷？」

黛玉道：「不喝呢。我略歪歪兒，妳們自己去罷。」

……紫鵑答應著出來，只見雪雁一個人在那裡發呆。紫鵑走到她跟前問道：「妳這會子也有了什麼心事了麼？」

雪雁只顧發呆，倒被她唬了一跳，因說道：「妳別嚷，今日我聽見了一句話，我告訴妳聽，奇不奇。妳可別言語。」說著，往屋裡努嘴兒。

因自己先行，點著頭兒叫紫鵑同她出來，到門外平臺底下，悄悄兒的道：「姐姐妳聽見了麼？寶玉定了親了！」

紫鵑聽見，唬了一跳，說道：「這是那裡來的話？只怕不真罷。」

雪雁道：「怎麼不真，別人大概都知道，就只咱們沒聽見。」

紫鵑道：「妳是那裡聽來的？」

雪雁道：「我聽見侍書說的，是個什麼知府家，家資也好，人才也好。」

……紫鵑正聽時，只聽得黛玉咳嗽了一聲，似乎起來的光景。紫鵑恐怕她出來聽見，便拉了雪雁搖搖手兒，往裡望望，不見動靜，才又悄悄兒的問道：「她到底怎麼說來？」

雪雁道：「前兒不是叫我到三姑娘那裡去道謝嗎，三姑娘不在屋裡，只有侍書在那裡。大家坐著，無意中說起寶二爺的淘氣來，她說寶二爺怎麼好，只會頑兒，全不像大人的樣子，已經說親了，還是這麼呆頭呆腦。我問她定了沒有，她說是定了，是個什麼王大爺做媒的。那王大爺是東府裡的親戚，所以也不用打聽，一說就成了。」

紫鵑側著頭想了一想：「這句話奇！」又問道：「怎麼家裡沒有人說起？」

雪雁道：「侍書也說的是老太太的意思。若一說起，恐怕寶玉野了心，所以都不提起。侍書告訴了我，又叮囑千萬不可露風，說出來只道是我多嘴。」把手往裡一指，「所以她面前也不提。今日是妳問起，我不犯瞞妳。」

……正說到這裡，只聽鸚鵡叫喚，學著說：「姑娘回來了，快倒茶來！」倒把紫鵑雪雁嚇了一跳，回頭並不見有人，便罵了鸚鵡一聲，走進屋內。

只見黛玉喘吁吁的剛坐在椅子上，紫鵑搭訕著問茶問水。黛玉問道：「妳們兩個那裡去了？再叫不出一個人來。」說著便走到炕邊，將身子一歪，仍舊倒在炕上，往裡躺下，叫把帳子撩下。紫鵑雪雁答應出去。她兩個心裡疑惑方才的話只怕被她聽了去了，只好大家不提。

……誰知黛玉一腔心事，又竊聽了紫鵑雪雁的話，雖不很明白，已聽得了七八分，如同將身撂在大海裡一般。思前想後，竟應了前日夢中之讖，千愁萬恨，堆上心來。左右打算，不如早些死了，免得眼見了意外的事情，那時反倒無趣。又想到自己沒了爹娘的苦，自今以後，把身子一天一天的糟蹋起來，一年半載，少不得身登清淨。打定了主意，被也不蓋，衣也不添，竟是合眼裝睡。紫鵑和雪雁來伺候幾次，不見動靜，又不好叫喚。晚飯都不吃。點燈以後，紫鵑掀開帳子，見已睡著了，被窩都蹬在腳後。怕她著了涼，輕輕兒拿來蓋上。黛玉也不動，單待她出去，仍然褪下。

那紫鵑只管問雪雁：「今兒的話到底是真的是假的？」

雪雁道：「怎麼不真。」

紫鵑道：「侍書怎麼知道的？」

雪雁道：「是小紅那裡聽來的。」

紫鵑道：「頭裡咱們說話，只怕姑娘聽見了，妳看剛才的神情，大有原故。今日以後，咱們倒別提這件事了。」說著，兩個人也收拾要睡。

紫鵑進來看時，只見黛玉被窩又蹬下來，復又給她輕輕蓋上。

一宿晚景不提。

……次日，黛玉清早起來，也不叫人，獨自一個呆呆的坐著。紫鵑醒來，看見黛玉已起，便驚問道：「姑娘怎麼這麼早？」黛玉道：「可不是，睡得早，所以醒得早。」紫鵑連忙起來，叫醒雪雁，伺候梳洗。

那黛玉對著鏡子，只管呆呆的自看。看了一回，那淚珠兒斷斷連連，早已濕透了羅帕。正是：

瘦影正臨春水照，卿須憐我我憐卿。

紫鵑在旁也不敢勸，只怕倒把閒話勾引舊恨來。遲了好一會，黛玉才隨便梳洗了，那眼中淚漬，終是不乾。又自坐了一會，叫紫鵑道：「妳把藏香點上。」紫鵑道：「姑娘，妳睡也沒睡得幾時，如何點香？不是要寫經？」黛玉點點頭兒。

紫鵑道：「姑娘今日醒得太早，這會子又寫經，只怕太勞神了罷。」

黛玉道：「不怕，早完了早好。況且我也並不是為經，倒借著寫字解解悶兒。以後妳們見了我的字跡，就算見了我的面兒了。」說著，那淚直流下來。紫鵑聽了這話，不但不能再勸，連自己也掌不住滴下淚來。

…原來黛玉立定主意，自此以後，有意糟蹋身子，茶飯無心，每日漸減下來。寶玉下學時，也常抽空問候，只是黛玉雖有萬千言語，自知年紀已大，又不便似小時可以柔情挑逗，所以滿腔心事，只是說不出來。

寶玉欲將實言安慰，又恐黛玉生嗔，反添病症。兩個人見了面，只得用浮言勸慰，真真是親極反疏了。

……那黛玉雖有賈母王夫人等憐恤，不過請醫調治，只說黛玉常病，那裡知她的心病。紫鵑等雖知其意，也不敢說。從此一天一天的減，到半月之後，腸胃日薄，一日果然粥都不能吃了。

黛玉日間聽見的話，都似寶玉娶親的話，看見怡紅院中的人，無論上下，也像寶玉娶親的光景。薛姨媽來看，黛玉不見寶釵，越發起疑心，索性不要人來看望，也不肯吃藥，只要速死。

睡夢之中，常聽見有人叫寶二奶奶的。一片疑心，竟成蛇影。一日竟是絕粒，粥也不喝，懨懨一息，垂斃殆盡。

……未知黛玉性命如何，且看下回分解。

◎第九〇回◎

失綿衣貧女耐嗷嘈[1]
送果品小郎驚叵測

……卻說黛玉自立意自戕之後，漸漸不支，一日竟至絕粒。從前十幾天內，賈母等輪流看望，她有時還說幾句話，這兩日索性不大言語。心裡雖有時昏暈，卻也有時清楚。

賈母等見她這病不似無因而起，也將紫鵑雪雁盤問過兩次，兩個那裡敢說。便是紫鵑欲向侍書打聽消息，又怕越鬧越真，黛玉更死得快了，所以見了侍書，毫不提起。

那雪雁是她傳話弄出這樣緣故來，此時恨不得長出百十個嘴來說「我沒說」，自然更不敢提起。

……到了這一天黛玉絕粒之日，紫鵑料無指望了，守著哭了會子，因出來偷向雪雁道：「妳進屋裡來好好兒的守著她。我去回老太太，太太和二奶奶去，今日這個光景大非往常可比了。」雪雁答應，紫鵑自去。

……這裡雪雁正在屋裡伴著黛玉，見她昏昏沉沉，小孩子家那裡見過這個樣兒，只打諒如此便是死的光景了，心中又痛又怕，恨不得紫鵑一時回來才好。正怕著，只聽窗外腳步走響，雪雁知是紫鵑回來，才放下心了，連忙站起來掀著裡間簾子等她。只見外面簾子響處，進來了一個人，卻是侍書。那侍書是探春打發來看黛玉的，見雪雁在那裡掀著簾子，便問道：「姑娘怎麼樣？」雪雁點點頭兒叫她進來。侍書跟進來，見紫鵑不在屋裡，瞧了瞧黛玉，只剩得殘喘微延，唬的驚疑

1. 嗷嘈——吵鬧。

不止，因問：「紫鵑姐姐呢？」

雪雁道：「告訴上屋裡去了。」

那雪雁此時只打諒黛玉心中一無所知了，又見紫鵑不在面前，因悄悄的拉了侍書的手問道：「妳前日告訴我說的什麼王大爺給這裡寶二爺說了親，是真話麼？」

侍書道：「怎麼不真。」雪雁道：「多早晚放定的？」

侍書道：「那裡就放定了呢。那一天我告訴妳時，是我聽見小紅說的。後來我到二奶奶那邊去，二奶奶正和平姐姐說呢，說那都是門客們借著這個事討老爺的喜歡，往後好拉攏的意思。

「別說大太太說不好，就是大太太願意，說那姑娘好，那大太太眼裡看的出什麼人來！再者老太太心裡早有了人了，就在咱們園子裡的。大太太那裡摸的著底呢。老太太不過因老爺的話，不得不問問罷咧。

「又聽見二奶奶說，寶玉的事，老太太總是要親上作親的，憑誰來說親，橫豎不中用。」

……雪雁聽到這裡，也忘了神了，因說道：「這是怎麼說，白白的送了我們這一位的命了！」侍書道：「這是從那裡說起？」雪雁道：「妳還不知道呢。前日都是我和紫鵑姐姐說來著，這一位聽見了，就弄到這步田地了。」

侍書道：「妳悄悄兒的說罷，看仔細她聽見了。」

雪雁道：「人事都不省了，瞧瞧罷，左不過在這一兩天了。」

……正說著，只見紫鵑掀簾進來說：「這還了得！妳們有什麼話，還不出去說，還在這裡說。索性逼死她就完了。」

侍書道：「我不信有這樣奇事。」

紫鵑道：「好姐姐，不是我說，妳又該惱了。妳懂得什麼呢！

懂得也不傳這些舌了。」

……這裡三個人正說著，只聽黛玉忽然又嗽了一聲。紫鵑連忙跑到炕沿前站著，侍書雪雁也都不言語了。紫鵑彎著腰，在黛玉身後輕輕問道：「姑娘喝口水罷。」黛玉微微答應了一聲。雪雁連忙倒了半鍾滾白水，紫鵑接了托著，侍書也走近前來。紫鵑和她搖頭兒，不叫她說話，侍書只得咽住了。站了一回，黛玉又嗽了一聲。紫鵑趁勢問道：「姑娘喝水呀？」黛玉又微微應了一聲，那頭似有欲抬之意，那裡抬得起。紫鵑爬上炕去，爬在黛玉旁邊，端著水試了冷熱，送到唇邊，扶了黛玉的頭，就到碗邊，喝了一口。紫鵑才要拿時，黛玉意思還要喝一口，紫鵑便托著那碗不動。黛玉又喝了一口，搖搖頭兒不喝了，喘了一口氣，仍舊躺下。

半日，微微睜眼說道：「剛才說話不是侍書麼？」紫鵑答應道：「是。」侍書尚未出去，因連忙過來問候。黛玉睜眼看了，點點頭兒，又歇了一歇，說道：「回去問妳姑娘好罷。」侍書見這番光景，只當黛玉嫌煩，只得悄悄的退出去了。

……原來那黛玉雖則病勢沉重，心裡卻還明白。起先侍書雪雁說話時，她也模糊聽見了一半句，卻只作不知，也因實無精神答理。及聽了雪雁侍書的話，才明白過前頭的事情原是議而未成的，又兼侍書說是鳳姐說的，老太太的主意親上作親，又是園中住著的，非自己而誰？因此一想，陰極陽生，心神頓覺清爽許多，所以才喝了兩口水，又要想問侍書的話。

…恰好賈母，王夫人，李紈，鳳姐聽見紫鵑之言，都趕著來看。黛玉心中疑團已破，自然不似先前尋死之意了。雖身體軟弱，精神短少，卻也勉強答應一兩句了。

鳳姐因叫過紫鵑問道：「姑娘也不至這樣，這是怎麼說，妳這樣唬人。」

紫鵑道：「實在頭裡看著不好，才敢去告訴的，回來見姑娘竟好了許多，也就怪了。」

賈母笑道：「妳也別怪她，她懂得什麼。看見不好就言語，這倒是她明白的地方，小孩子家，不嘴懶腳懶就好。」說了一回，賈母等料著無妨，也就去了。正是：

心病終須心藥治，解鈴還是繫鈴人。

…不言黛玉病漸減退，且說雪雁紫鵑背地裡都念佛。雪雁向紫鵑說道：「虧她好了，只是病的奇怪，好的也奇怪。」

紫鵑道：「病的倒不怪，就只好的奇怪。想來寶玉和姑娘必是姻緣，人家說的『好事多磨』，又說道『是姻緣棒打不回』。這樣看起來，人心天意，他們兩個竟是天配的了。

「再者，妳想那一年我說了林姑娘要回南去，把寶玉沒急死了，鬧得家翻宅亂。如今一句話，又把這一個弄得死去活來。可不說的三生石上百年前結下的麼。」

說著，兩個悄悄的抿著嘴笑了一回。雪雁又道：「幸虧好了。咱們明兒再別說了，就是寶玉娶了別的人家兒的姑娘，我親見他在那裡結親，我也再不露一句話了。」

紫鵑笑道：「這就是了。」

不但紫鵑和雪雁在私下裡講究，就是眾人也都知道黛玉的病也病得奇怪，好也好得奇怪，三三兩兩，唧唧噥噥議論著。不多幾時，連鳳姐兒也知道了，邢王二夫人也有些疑惑，倒是賈母略猜著了八九。

……那時正值邢王二夫人鳳姐等在賈母房中說閒話，說起黛玉的病來。賈母道：「我正要告訴你們，寶玉和林丫頭是從小兒在一處的，我只說小孩子們，怕什麼？以後時常聽得林丫頭忽然病，忽然好，都為有了些知覺了。所以我想他們若盡著擱在一塊兒，畢竟不成體統。妳們怎麼說？」

王夫人聽了，便呆了一呆，只得答應道：「林姑娘是個有心計兒的。至於寶玉，呆頭呆惱，不避嫌疑是有的，看起外面，卻還都是個小孩兒形象。此時若忽然或把那一個分出園外，不是倒露了什麼痕跡了麼。古來說的：『男大須婚，女大須嫁。』老太太想，倒是趕著把他們的事辦辦也罷了。」

……賈母皺了一皺眉，說道：「林丫頭的乖僻，雖也是她的好處，我的心裡不把林丫頭配他，也是為這點子。況且林丫頭這樣虛弱，恐不是有壽的。只有寶丫頭最妥。」

王夫人道：「不但老太太這麼想，我們也是這樣。但林姑娘也得給她說了人家兒才好，不然女孩兒家長大了，那個沒有心事？倘或真與寶玉有些私心，若知道寶玉定下寶丫頭，那倒不成事了。」

賈母道：「自然先給寶玉娶了親，然後給林丫頭說人家，再沒有先是外人後是自己的。況且林丫頭年紀到底比寶玉小兩歲。依妳們這樣說，倒是寶玉定親的話不許叫她知道倒罷了。」

……鳳姐便吩咐眾丫頭們道：「妳們聽見了，寶二爺定親的話，不許混吵嚷。若有多嘴的，提防著她的皮。」

賈母又向鳳姐道：「鳳哥兒，妳如今自從身上不大好，也不大管園裡的事了。我告訴妳，須得經點兒心。不但這個，就像前年那些人喝酒耍錢，都不是事。妳還精細些，少不得多分點心兒，嚴緊嚴緊他們才好。況且我看他們也就只還服妳。」鳳姐答應了。娘兒們又說了一回話，方各自散了。

……※……※……※……

……從此鳳姐常到園中照料。一日，剛走進大觀園，到了紫菱洲畔，只聽見一個老婆子在那裡嚷。鳳姐走到跟前，那婆子才瞧見了，早垂手侍立，口裡請了安。

鳳姐道：「妳在這裡鬧什麼？」

婆子道：「蒙奶奶們派我在這裡看守花果，我也沒有差錯，不料邢姑娘的丫頭說我們是賊。」

鳳姐道：「為什麼呢？」

婆子道：「昨兒我們家的黑兒跟著我到這裡頑了一回，他不知道，又往邢姑娘那邊去瞧了一瞧，我就叫他回去了。今兒早起聽見她們丫頭說丟了東西了。我問她丟了什麼，她就問起我來了。」

鳳姐道：「問了妳一聲，也犯不著生氣呀。」

婆子道：「這裡園子到底是奶奶家裡的，並不是她們家裡的。我們都是奶奶派的，賊名兒怎麼敢認呢。」

鳳姐照臉啐了一口，厲聲道：「妳少在我跟前嘮嘮叨叨的！妳在這裡照看，姑娘丟了東西，妳們就該問哪，怎麼說出這些沒道理的話來。把老林叫了來，攆出她去。」丫頭們答應了。

……只見邢岫煙趕忙出來，迎著鳳姐陪笑道：「這使不得，沒有的事，事情早過去了。」

鳳姐道：「姑娘，不是這個話。倒不講事情，這名分上太豈有此理了。」

岫煙見婆子跪在地下告饒，便忙請鳳姐到裡邊去坐。鳳姐道：「她們這種人我知道，她除了我，其餘都沒上沒下的了。」

岫煙再三替她討饒，只說自己的丫頭不好。鳳姐道：「我看著邢姑娘的分上，饒妳這一次。」婆子才起來，磕了頭，又給岫煙磕了頭，才出去了。

……這裡二人讓了坐。鳳姐笑問道：「妳丟了什麼東西了？」岫煙笑道：「沒有什麼要緊的，是一件紅小襖兒，已經舊了的。我原叫她們找，找不著就罷了。這小丫頭不懂事，問了那婆子一聲，那婆子自然不依了。這都是小丫頭糊塗不懂事，我也罵了幾句，已經過去了，不必再提了。」

鳳姐把岫煙內外一瞧，看見雖有些皮綿衣服，已是半新不舊的，未必能暖和。她的被窩多半是薄的。至於房中桌上擺設的東西，就是老太太拿來的，卻一些不動，收拾的乾乾淨淨。

……鳳姐心上便很愛敬他，說道：「一件衣服原不要緊，這時候冷，又是貼身的，怎麼就不問一聲兒呢。這撒野的奴才了不得了！」說了一回，鳳姐出來，各處去坐了一坐，就回去了。到了自己房中，叫平兒取了一件大紅洋縐的小襖兒，一件松花色綾子一抖珠兒的小皮襖，一條寶藍盤錦[2]鑲花綿裙，一件佛青[3]銀鼠褂子，包好叫人送去。

……那時岫煙被那老婆子聒噪了一場，雖有鳳姐來壓住，心上終是不安。想起「許多姊妹們在這裡，沒有一個下人敢得罪她的，獨自我這裡，她們言三語四，剛剛鳳姐來碰見。」想來想去，終是沒意思，又說不出來。正在吞聲飲泣，看見鳳姐那邊的豐兒送衣服過來。岫煙一看，決不肯受。豐兒道：「奶奶吩咐我說，姑娘要嫌是舊衣裳，將來送新的來。」岫煙笑謝道：「承奶奶的好意，只是因我丟了衣服，她就拿來，我斷不敢受。妳拿回去千萬謝妳們奶奶，承妳奶奶的情，我

2. **盤錦**—用金線在絲織物上盤出圖案。

3. **佛青**—繪畫顏料，石青中之最深者，如來佛頭部的螺髻著色用此色，故稱「佛青」。

算領了。」倒拿個荷包給了豐兒。那豐兒只得拿了去了。

……不多時，又見平兒同著豐兒過來，岫煙忙迎著問了好，讓了坐。平兒笑說道：「我們奶奶說，姑娘特外道[4]的了不得。」

岫煙道：「不是外道，實在不過意。」

平兒道：「奶奶說，姑娘要不收這衣裳，不是嫌太舊，就是瞧不起我們奶奶。剛才說了，我要拿回去，奶奶不依我呢。」

岫煙紅著臉笑謝道：「這樣說了，叫我不敢不收。」又讓了一回茶。

……平兒同豐兒回去，將到鳳姐那邊，碰見薛家差來的一個老婆子，接著問好。平兒便問道：「妳那裡來的？」

婆子道：「那邊太太姑娘叫我來請各位太太、奶奶，姑娘們的

4. **外道**——見外，客氣。

安。我才剛在奶奶前問起姑娘來，說姑娘到園中去了。可是從邢姑娘那裡來麼？」
平兒道：「妳怎麼知道？」
婆子道：「方才聽見說。真真的二奶奶和姑娘們的行事叫人感念。」平兒笑了一笑說：「妳回來坐著罷。」
婆子道：「我還有事，改日再過來瞧姑娘罷。」說著走了。平兒回來，回覆了鳳姐。不在話下。

※……※……※

……且說薛姨媽家中被金桂攪得翻江倒海，看見婆子回來，述起岫煙的事，寶釵母女二人不免滴下淚來。
寶釵道：「都為哥哥不在家，所以叫邢姑娘多吃幾天苦。如今還虧鳳姐姐不錯。咱們底下也得留心，到底是咱們家裡人。」
說著，只見薛蝌進來說道：「大哥哥這幾年在外頭相與的都是些什麼人，連一個正經的也沒有，來一起子，都是些狐群狗黨。我看他們那裡是不放心，不過將來探探消息兒罷咧。這兩天都被我趕出去了。以後吩咐了門上，不許傳進這種人來。」

薛姨媽道：「又是蔣玉菡那些人哪？」

薛蝌道：「蔣玉菡卻倒沒來，倒是別人。」

……薛姨媽聽了薛蝌的話，不覺又傷心起來，說道：「我雖有兒，如今就像沒有的了，就是上司准了，也是個廢人。你雖是我姪兒，我看你還比你哥哥明白些，我這後輩子全靠你了。你自己從今更要學好。

「再者，你聘下的媳婦兒，家道不比往時了。人家的女孩兒出門子不是容易，再沒別的想頭，只盼著女婿能幹，他就有日子過了。若邢丫頭也像這個東西……」

說著把手往裡頭一指，道：「我也不說了。邢丫頭實在是個有廉恥有心計兒的，又守得貧，耐得富。只是等咱們的事情過去了，早些把你們的正經事完結了，也了我一宗心事。」

薛蝌道：「琴妹妹還沒有出門子，這倒是太太煩心的一件事。至於這個，可算什麼呢。」大家又說了一回閒話。

薛蝌回到自己房中，吃了晚飯，想起邢岫煙住在賈府園中，終是寄人籬下，況且又窮，日用起居，不想可知。況兼當初一路同來，模樣兒性格兒都知道的。可知天意不均：如夏金桂這種人，偏教她有錢，嬌養得這般潑辣，邢岫煙這種人，偏教她這樣受苦。閻王判命的時候，不知如何判法的。想到悶來也想吟詩一首，寫出來出出胸中的悶氣。又苦自己沒有工夫，只得混寫道：

蛟龍失水似枯魚，兩地情懷感索居。

同在泥塗多受苦，不知何日向清虛。

寫畢看了一回，意欲拿來黏在壁上，又不好意思。自己沉吟道：「不要被人看見笑話。」又念了一遍，道：「管他呢，左右黏上自己看著解悶兒罷。」又看了一回，到底不好，拿來夾在書裡。又想自己年紀可也不小了，家中又碰見這樣飛災橫禍，不知何日了局，致使幽閨弱質，弄得這般淒涼寂寞。

……正在那裡想時，只見寶蟾推門進來，拿著一個盒子，笑嘻嘻放在桌上。薛蝌站起來讓坐。

寶蟾笑著向薛蝌道：「這是四碟果子，一小壺兒酒，大奶奶叫給二爺送來的。」

薛蝌陪笑道：「大奶奶費心。但是叫小丫頭們送來就完了，怎麼又勞動姐姐呢。」

寶蟾道：「好說。自家人，二爺何必說這些套話。再者我們大爺這件事，實在叫二爺操心，大奶奶久已要親自弄點什麼兒謝二爺，又怕別人多心。

「二爺是知道的，咱們家裡都是言合意不合，送點子東西沒要緊，倒沒的惹人七嘴八舌的講究。所以今日些微的弄了一兩樣果子，一壺酒，叫我親自悄悄兒的送來。」

說著，又笑瞅了薛蝌一眼，道：「明兒二爺再別說這些話，叫人聽著怪不好意思的。我們不過也是底下的人，服侍的著大爺，就服侍的著二爺，這有何妨呢。」

……薛蝌一則秉性忠厚，二則到底年輕，只是向來不見金桂和寶蟾如此相待，心中想到剛才寶蟾說為薛蟠之事也是情理，因說道：「果子留下罷，這個酒兒，姐姐只管拿回去。我向來的酒上實在很有限，擠住了偶然喝一鍾，平日無事是不能喝的。難道大奶奶和姐姐還不知道麼。」

寶蟾道：「別的我作得主，獨這一件事，我可不敢應。大奶奶的脾氣兒，二爺是知道的，我拿回去，不說二爺不喝，倒要說我不盡心了。」薛蝌沒法，只得留下。

……寶蟾方才要走，又到門口往外看看，回過頭來向著薛蝌一笑，又用手指著裡面說道：「她還只怕要來親自給你道乏呢。」薛蝌不知何意，反倒訕訕的起來，因說道：「姐姐替我謝大奶奶罷。天氣寒，看涼著。再者，自己叔嫂，也不必拘這些個禮。」寶蟾也不答言，笑著走了。

……薛蝌始而以為金桂為薛蟠之事，或者真是不過意，備此酒果給自己道乏，也是有的。及見了寶蟾這種鬼鬼祟祟不尷不尬的光景，也覺了幾分。

卻自己回心一想：「她到底是嫂子的名分，那裡就有別的講究了呢。或者寶蟾不老成，自己不好意思怎麼樣，卻指著金桂的名兒，也未可知。然而到底是哥哥的屋裡人，也不好。」忽又一轉念：「那金桂素性為人毫無閨閣理法，況且有時高興，打扮得妖調非常，自以為美，又焉知不是懷著壞心呢？不然，就是她和琴妹妹也有了什麼不對的地方兒，所以設下這個毒法兒，要把我拉在渾水裡，弄一個不清不白的名兒，也未可知。」想到這裡，索性倒怕起來。

……正在不得主意的時候，忽聽窗外噗哧的笑了一聲，把薛蝌倒唬了一跳。

……未知是誰，下回分解。

國家圖書館出版品預行編目(CIP)資料

紅樓夢/孫家琦編輯. — 第一版.
— 新北市 ： 人人, 2015.04
冊 ； 公分. —(人人文庫)
ISBN 978-986-5903-90-9(卷6:平裝).
857.49 104005348

【人人文庫】

紅樓夢

卷6

第七六回至第九〇回

題字・篆刻 / 羅時僖
書系編輯 / 孫家琦
書籍裝幀 / 楊美智
發行人 / 周元白
出版者 / 人人出版股份有限公司
地址 / 23145新北市新店區寶橋路235巷6弄6號7樓
電話 / (02)2918-3366(代表號)
傳真 / (02)2914-0000
網址 / www.jjp.com.tw
郵政劃撥帳號 / 16402311人人出版股份有限公司
製版印刷 / 長城製版印刷股份有限公司
電話 / (02)2918-3366(代表號)
經銷商 / 聯合發行股份有限公司
電話 / (02)2917-8022
第一版第一刷 / 2015年4月
定價 / 新台幣200元

※本書內頁紙張採敦榮紙業進口日本王子58g文庫紙